## LA FAUSSE VENTE ENCAN
*ou nouveau genre qu'on ie.*

LES JUIFS M?? DE VEAUTÉES,
*et de chaines de sûreurs compères*
PRETENDUS ÆURS.

## La bonne aventure ou
## L'HABILE ESCAMOTEUR

*En ce moment quelqu'un*
*s'occupe de votre BIEN.*

# LE
# PARAVOLEUR,

## ou l'Art

### DE SE CONDUIRE PRUDEMMENT

## *En tout Pays,*

### NOTAMMENT A PARIS,

### et

#### D'ÉVITER LES PIÉGES DE TOUTE ESPÈCE

QUE TENDENT AUX PERSONNES HONNÈTES ET FACILES

**LES CHARLATANS, ESCROCS, FILOUS ET VOLEURS**

QUI INFESTENT LA CAPITALE.

Ouvrage utile à toutes les classes de la société,
indispensable aux Voyageurs et aux Étrangers,
rédigé en grande partie sur les Mémoires récem-
ment publiés

## PAR VIDOCQ,

ANCIEN CHEF DE BRIGADE DE LA POLICE DE SURETÉ.

# PARIS,

## ROY-TERRY, EDITEUR,

PALAIS-ROYAL, GALERIE DE VALOIS, N. 185.

—

1830.

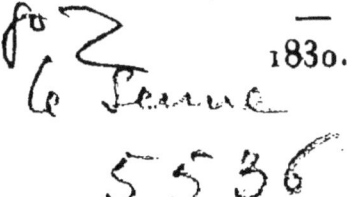

# TABLE

## DES CHAPITRES.

———

# PRÉFACE.

Il n'y a pas long-temps encore
qu'un provincial qui se disposait à
venir à Paris, surtout s'il était d'une
ville éloignée, faisait presque autant
de préparatifs qu'un pélerin qui se
dispose à passer en Palestine, et à
visiter les lieux saints : il dressait
l'acte authentique de ses dernières
volontés, entendait une messe so-
lennelle, recevait les derniers sacremens, et, le long de la route, récitait
les prières des agonisans. Telle était
la frayeur qu'inspirait Paris autrefois, telle était l'idée qu'on avait des
périls qu'y courait un étranger, que,

dans une famille, on regardait comme perdu celui de ses parens qui osait en entreprendre le voyage, et en braver le séjour.

Cette terreur, qui nous paraît aujourd'hui ridicule, était cependant fondée, et reposait sur des traditions et des souvenirs qui dataient du *bon vieux temps*, si préconisé de nos jours; du bon vieux temps qu'on cherche tant à nous ramener, pour l'édification de ce siècle maudit, si diaboliquement éclairé par la raison, les sciences et la philosophie. Nos bons grands-pères se souvenaient d'avoir entendu dire à leurs grands-pères, qui eux-mêmes le tenaient des leurs, qu'il fut une époque où l'amusement des jeunes seigneurs de la cour, voire des princes du sang royal, était de se porter nuitamment sur le Pont-Neuf, et là, l'épée

au poing, d'attaquer en nobles coupe-
jarrets les passans qui se trouvaient at-
tardés, de les dépouiller de leurs man-
teaux ; et quand ils osaient faire quelque résistance, de les percer de coups,
et d'en jeter les cadavres dans la Seine.

Ils savaient, nos bons grands-pères, que sous le règne de Louis-le-
Juste, dont on vient de relever la sta-
tue à la place Royale, pour la plus
grande gloire de Richelieu, son ministre et son maître, et pour la satisfaction personnelle des membres ob-
scurs de la famille de ce nom ; ils savaient, dis-je, nos bons grands-pères, que Paris, livré à une horde de
malfaiteurs et de brigands, tous attachés par la domesticité aux premières familles du royaume, était
un théâtre permanent de *meurtres,*
*assassinats, violences* et *voleries ;* que
la maison d'un citoyen était forcée

toutes les nuits, et que, malgré les arrêts du parlement, les plaintes du Roi lui-même, la capitale de Sa Majesté Très-Chrétienne offrait à un homme paisible un asile beaucoup moins sûr que les grandes routes, lorsqu'elles étaient, de nos jours, parcourues dans tous les sens, par ces preux qui faisaient la guerre aux diligences en faveur de la bonne cause.

Nos bons grands-pères, j'en reviens toujours à eux, avaient donc raison de ne penser à Paris qu'en tremblant, et de regarder comme bien aventuré l'homme téméraire qui osait s'enfermer dans son enceinte. Mais, ce que ne savent pas ceux qui ne se nourrissent que de traditions reculées, et qui datent de loin, c'est qu'à ce siècle un peu turbulent succéda un siècle doux, poli, chaste, chaste surtout, dont le neveu de Louis XIV et son arrière-petit-fils furent les deux flambeaux. Ils ne savent pas, ces braves gens, que depuis que les grands seigneurs n'assassinent plus, le métier est décrédité , et que ceux qui l'exercent sont saisis par la justice , qui les pend le plus vite et le plus haut qu'elle peut ; ils ne savent pas, enfin, qu'à Paris , la vie d'un homme est aussi en sûreté qu'ailleurs , pourvu qu'il ne tombe pas entre les mains de la faculté.

Je dis , ils ne savent pas, et j'ai tort, car ils savent aujourd'hui. Depuis la révolution , il est tant venu d'hommes à Paris , qui sont retournés sains et saufs dans leur village , qu'on a fini par comprendre que cette ville n'était pas tout-à-fait l'antre du lion , ou la caverne de Cacus, et que , si l'on y entre, on en sort parfois. Dès-

1*

lors la province s'est aguerrie, si bel
et si bien, que de toutes parts il arrive
à Paris une nuée de gens qui, il y a
soixante ans, n'auraient pas même
osé parler de ce terrible voyage sans
avoir la chair de poule.

On a raison de ne rien redouter;
mais on aurait tort de ne rien craindre. Le règne de la violence est passé,
les assassins ne sont plus; mais celui
de l'adresse a commencé, et les industriels sont là : une guerre perma-
nente de ruses existe entre celui qui
possède et celui qui n'a rien, et le
provincial, qui vient à Paris pour y
jouir de quelques jours de plaisir, est
exposé à des attaques si vives et si
répétées, que c'est un grand bonheur
s'il échappe sans laisser sur le champ
de bataille une bonne partie de ses
plumes.

C'est pour lui que j'ai composé ce

petit livre. Je veux qu'il puisse par-
courir Paris de nuit et de jour sans
tomber dans aucun piége ; je veux
qu'il rentre sous le chaume paternel
candide et pur comme il en est sorti ;
je veux, enfin, qu'il retourne chez
lui sans être corrompu, et surtout
sans avoir été volé.

Sans avoir été volé...., c'est beaucoup ! car, pour en venir là, il faudrait qu'il ne fît rien faire au tailleur, qu'il ne fréquentât point les
restaurateurs, qu'il n'assistât point
à la représentation d'une pièce de la
nouvelle école, qu'il n'achetât point
les œuvres de M. Victor Hugo, qu'il
ne..... Sans avoir été volé ;... allons,
cela ne se peut pas. Eh bien ! qu'a-
près n'avoir été volé que le moins
possible.

Pour cela, je le prends dans son
village, au milieu de ses dieux domes-

tiques ; je lui montre les précautions qu'il doit prendre, avant son départ, pour assurer le repos de sa maison pendant tout le temps que durera son absence. Je monte en diligence avec lui, je prends place à son côté, et lui sers de Mentor, pendant le voyage plus ou moins long qu'il entreprend. Dans les auberges, je partage son dîner, je couche le soir dans sa chambre et ne le quitte pas un instant, que je ne l'aie déposé sain et sauf dans la cour des messageries.

Arrivé à Paris, l'honnête provincial dont j'entreprends l'éducation devient plus que jamais l'objet de ma sollicitude. En effet, c'est sur le terrain glissant qu'il va fouler, qu'il a le plus besoin d'un guide et d'un appui. Je m'attache à lui ; je lui indique ce qu'il doit faire dans chacune des circonstances où il se trouve ; je

le conduis par la main; je lui dis à
chaque pas : Garde à vous! S'il tré-
buche, je le soutiens : je lui dévoile
les ruses que les filoux de toute espèce
emploieront contre lui. Certes, on
n'en peut faire davantage : s'il est
volé après cela, ce n'est pas ma faute,
et je puis avoir la conscience nette.

Quand je lui dévoile les ruses que les
filous emploieront contre lui, je n'ai
pas la prétention de les lui dévoiler toutes. Il est des secrets de métier que
tout le monde ne connaît pas; ceux-
là, je suis forcé de les taire, et pour
cause : j'indique du moins ceux qui
m'ont été révélés par les maîtres;
quant aux autres, il faudrait, pour
les bien posséder, avoir passé quelques années au bagne, et tout le
monde ne peut pas, comme M. Vidocq, se vanter de cet honneur-là.

Quoique je sois forcé de convenir

que mon travail est incomplet sur
un certain point, je suis assuré que
sur tous les autres il est aussi étendu
qu'il a besoin de l'être, et que l'étranger qui, sans s'attacher au ton fri-
vole de cette préface, l'étudiera, et
en mettra les maximes en pratique,
s'en trouvera bien pour sa bourse,
son honneur et sa santé.

# GUERRE

# AUX ESCROCS,

## AUX

## FILOUS ET AUX VOLEURS.

## CHAPITRE PREMIER.

### PRÉPARATIFS DE DÉPART.

LE provincial qui se dispose à faire un voyage à Paris, ne dicte plus, comme autrefois, son testament, ne reçoit plus les sacremens avant de se mettre en route. Aujourd'hui, ces précautions sont à peu près inutiles ; mais il n'en est pas moins nécessaire de faire certains préparatifs qui ne sont ni aussi effrayans, ni aussi solennels, et que je vais indiquer ici.

Comme un homme qui se rend à Paris, ne peut pas calculer à quelle époque seront terminées les affaires qui l'y amènent, ni dire : je serai de retour tel ou tel jour, il faut qu'avant de partir, il dispose les choses de telle manière, que sa maison ne souffre point d'une absence qui sera nécessairement plus longue qu'il ne le présume. S'il a des paiemens à faire, il faut qu'il les assure, à moins qu'il ne vienne à Paris pour y opérer des ventes ou des recouvremens, et qu'il ne soit à même d'envoyer, quand il le faut, des fonds chez lui.

Il est bien, s'il en est à son premier voyage, qu'il s'informe auprès des personnes qui ont habité Paris, des usages qui y sont adoptés, des habitudes locales ; il ne se mettra point complètement au courant par quelques renseignemens incomplets, mais aura l'air moins gauche en arrivant, et cela.... a bien son mérite.

Il est bon de se munir de quelques lettres de recommandation. Ce n'est pas qu'à Paris on ait grand égard pour ces sortes de lettres, et qu'on se jette à la tête de ceux qui en sont porteurs. La politesse des Parisiens est franche, moins maniérée que celle de province, mais un peu froide, et cela est presque forcé. Si un habitant de la capitale était obligé de se prodiguer à ses amis, et encore aux amis de ses amis, il ne lui resterait bientôt plus de temps pour ses propres affaires, et sa maison deviendrait un hôtel garni. Sans faire grand fonds dessus, il est bien pourtant de demander des lettres de recommandation, elles auront pour résultat quelques invitations agréables et des renseignemens utiles à celui qui débute sur un théâtre où il ne connaît personne.

En province, quand un habitant fait le voyage de Paris, on a l'habitude de le charger d'une multitude de commissions de toute espèce. Voisins et voisines viennent l'assaillir huit à dix jours à l'avance. L'un le prie de voir tel parent dont il n'a pas de nouvelles depuis vingt ans, et qui demeurait près des Invalides lorsqu'il a écrit pour la dernière fois ; un autre, de découvrir un cousin qui était, avant la révolution, dans la bouche du roi, et qui n'a pas, depuis 1789, donné le moindre signe de vie ; une coquette le charge de passer chez sa marchande de modes et sa couturière, pour voir la nouvelle forme des chapeaux et la coupe des robes ; une dévote, de lui apporter les cantiques spirituels du séminaire de Saint-Sulpice ; un ancien militaire, de solliciter auprès du ministre la liquidation de sa pension de retraite, etc., etc., c'est à n'en plus finir.

Un homme prudent qui vient à Paris, doit bien se persuader que les courses y sont fort longues, qu'il fera bien des démarches inutiles, qu'il éprouvera bien des lenteurs et des remises, qu'il n'a pas trop de tout son temps pour ses affaires personnelles, et que se charger de celles de toute sa commune est se mettre dans l'impossibilité de rien faire. Si donc il veut utiliser son voyage, le rendre le moins long et le moins coûteux possible, il doit refuser avec politesse les commissions dont ses indiscrets voisins veulent le charger.

Le voyageur qui a des malles pesantes,

fera bien de les expédier par le roulage à l'avance et bureau restant, et de ne se charger que d'un sac de nuit contenant les effets dont il aura besoin pendant la route. S'il fait marcher ses malles avec lui, il doit les corder et se les adresser, bien qu'il doive les retirer lui-même ; cette dernière précaution est fort utile pour faciliter les recherches et prévenir les erreurs à l'arrivée.

On doit se munir d'un foulard ou d'une casquette pour se couvrir la tête pendant la nuit. Le classique bonnet de coton apprête à rire ; s'il est blanc, il donne au voyageur une tournure de malade ; s'il est à raies bleues, rouges, blanches, etc., il lui donne l'air d'un charretier.

## CHAPITRE II.

---

### LA ROUTE. — ANECDOTE.

Je n'ai rien à recommander au voyageur qui brûle la route en chaise de poste, seul et moelleusement assis sur des coussins, si ce n'est de se distraire le plus qu'il pourra, soit en observant les points de vue que sa course rapide lui met à chaque instant sous les yeux; soit en parcourant les livres dont il n'aura pas manqué de s'approvisionner au départ, s'il redoute les ennuis du chemin; soit enfin en dormant, s'il n'aime ni la lecture, ni le spectacle des beautés naturelles.

Quant à celui qui voyage par les voitures publiques, j'ai plusieurs recommandations importantes à lui faire.

La première, qui ne tient qu'aux usages

et au savoir-vivre, est de se comporter décemment, de n'incommoder personne; de ne point laisser échapper de mots qui puissent faire rougir les dames, s'il fait route avec elles; au contraire, de leur témoigner beaucoup d'égards et de déférence.

Ce que je recommande particulièrement, et plus encore que la politesse, c'est la prudence. Comme en voiture publique on a besoin de distraction, on en cherche autour de soi, et l'on devient facilement expansif; le second jour du voyage, on regarde déjà ses compagnons comme des connaissances. Il faut se défier de cette démangeaison de trop parler, qui vient aisément chatouiller un voyageur : c'est une imprudence de se livrer étourdiment, de raconter ses affaires, ses relations sociales, ses chagrins et ses plaisirs domestiques, la nature de sa fortune et de ses biens, le but du voyage que l'on entrepend, etc. Tous ces détails sont inutiles, et le plus souvent dangereux à faire connaître. Il est des personnes pour qui ils ne sont que fatigans, et qui n'en recueillent pas un mot; mais il en est d'autres qui n'en

2

perdent rien, et s'en servent plus tard,
pour tendre au narrateur indiscret des piéges
dans lesquels il sera pris.

Il est surtout très-dangereux d'agiter en
voiture, et en présence de gens que l'on ne
connaît pas, des questions qui se rattachent
à la politique et au gouvernement, et de
faire de l'opposition sans but ni utilité. Cette
conduite est d'abord indécente dans un
étranger, qui doit se taire sur les lois d'un
pays qui le protége, sur des usages dont il
ne connaît pas l'esprit, et auxquels il n'est
tenu de se soumettre qu'aussi long-temps
qu'il le voudra. Quant à un Français, il lui
est permis de désirer une amélioration dans
le régime social sous lequel il doit toujours
vivre, mais ce n'est pas dans une voiture
publique qu'il doit faire le frondeur. Il ne
sait avec qui il se rencontre; l'imprudente
manifestation d'une opinion hardie peut
avoir pour lui des conséquences graves, et
quelquefois même compromettre des gens
qui ne sont pour rien dans ses étourderies.
En voici un exemple :

Le fils d'un imprimeur de Paris, nommé

P., avait, pour une chanson un peu fron-
deuse, été condamné à six mois d'emprisonnement et 3,000 francs d'amende. L'affaire en était restée là, et le jugement n'a-
vait pas reçu d'exécution quatre ans et
demi encore après son prononcé. On pouvait croire que le procureur du roi, trouvant
la punition trop forte pour le délit, voulait
tenir le jeune homme sous la main de la
justice, et le forcer, par la crainte, à être
sage pendant les cinq ans, après lesquels la
prescription était acquise. P. était donc libre,
et on ne lui disait rien. Un de ses cousins
nommé P. comme lui, revenant un jour,
avec plusieurs amis, de Claie, par la galiote,
se permit, ainsi qu'eux, une conversation
fort inconvenante sur les affaires du jour.
Un magistrat qui se trouvait là sans être
connu, les avertit de leur imprudence, en
leur disant qu'ils ne savaient pas devant
qui ils parlaient ainsi. Les jeunes gens, au
lieu de profiter de cet avis, qui leur eût
suffi s'ils eussent conservé un reste de raison,
le repoussèrent avec mépris, et traitèrent in-
solemment de mouchard, de dénonciateur,

celui qui le leur donnait. Un magistrat ne
pouvait pas laisser une pareille offense im-
punie ; arrivé à Paris, il fit à qui de droit
la déclaration de ce qui lui était arrivé.
Comme dans la conversation le nom de P.
avait été prononcé plusieurs fois, et qu'il l'a-
vait retenu, il le répéta. On fouilla les dossiers
de la police correctionnelle, on trouva le jugement rendu quatre ans et demi auparavant
contre P., fils de l'imprimeur, on en munit
un commissaire de police, qui vint un beau
matin prendre le jeune homme dans son lit,
et le conduire à Sainte-Pélagie. P. se récria,
se plaignit de ce qu'on l'avait laissé si long-
temps sans rien lui dire, pour lui faire su-
bir sa condamnation au moment qu'il la
croyait oubliée : on lui répondit que, s'il fût
resté tranquille, il était à présumer qu'on
l'eût laissé atteindre le terme fixé pour la
prescription ; mais qu'il s'était conduit avec
tant d'imprudence tel jour dans la galiote
de Claie, qu'il avait mis l'autorité dans l'impossibilité d'avoir plus long-temps pour lui
de l'indulgence. P. se défendit de ce nouveau grief, prouva que ce jour-là il n'était

pas sorti de Paris : cela fut reconnu ; mais il était en prison, il dut y rester six mois pour la condamnation, et six mois pour l'amende qu'il ne pouvait ou ne voulait pas payer.

Lorsqu'on a voyagé de Lyon ou de Marseille à Paris, avec trois ou quatre personnes, et que la nécessité de se distraire, a établi une espèce de familiarité entre des hommes qui ne se connaissaient pas, deux jours auparavant, il ne faut pas croire qu'on a formé une liaison, et qu'à Paris on a le droit de relancer jusque chez elles les personnes avec qui on a fait la route. L'intimité que des voyageurs ont contractée ensemble finit dans la cour des messageries, à la descente de la voiture. Là, chacun se salue, se sépare, souvent pour ne plus se rencontrer, ni même se reconnaître. Les offres de service que l'on peut avoir reçues ne sont que des choses de forme que l'on doit bien se garder de prendre au mot, et ce serait se tromper étrangement, que de croire qu'un homme avec qui on a voyagé quelques jours, et de qui on a reçu des politesses, est devenu tout-à-coup un ami et un protecteur auquel on puisse recourir au besoin.

Il y a plus. Un provincial et un étranger doivent se tenir en garde contre celui qui les accable de prévenances et d'offres bienveillantes. Les hommes ne se passionnent pas subitement les uns pour les autres, et celui qui se jette à la tête d'un voyageur qu'il ne connaît pas, a deviné en lui une matière à travailler, et une victime à dépouiller d'une manière ou d'une autre.

Un provincial ne doit point manifester une admiration niaise pour les belles choses qui frappent ses yeux en entrant à Paris, s'il arrive par la barrière de l'Étoile, et un étranger son dégoût pour les masures dont il est offusqué, s'il entre par la barrière d'Italie et la sale rue Moufetard. Tous deux doivent attendre avant de juger la capitale du monde civilisé. Le premier y trouvera de quoi perdre un peu de son enthousiasme : le second, de quoi revenir sur le jugement trop précipité qu'il aura prononcé d'abord.

Il est inconvenant de se moquer de cette

niaiserie native, dont on déclare en province
les Parisiens atteints et convaincus. Les Parisiens ne sont point ce que des auteurs
plus satiriques que bons observateurs les
proclamaient jadis ; et ces *badauds* donne-
ront, s'il n'y prend garde , plus d'une leçon
au provincial qui croit pouvoir impuné-
ment se moquer d'eux.

# CHAPITRE III.

### LES AUBERGES.

J'ai peu de chose à dire sur la conduite à tenir dans les auberges, sinon qu'il faut y prendre le temps comme il vient et le dîner comme il se trouve. Il est de mauvais ton de se récrier contre le vin, contre les mets, contre le prix du dîner qui est ordinairement fixé : tout le bruit que l'on fait en pareil cas se perd dans les airs. L'hôte, calme, immobile, est un roc qui a brisé les vagues de la colère de bien des voyageurs, et que n'ébranlera pas la vôtre. Il ne vous connaît pas, il ne vous reverra jamais; l'important pour lui n'est pas que vous trouviez sa cuisine bonne et ses vins délicats, mais que vous les payiez.

A la table de l'auberge on est tenu à des

égards vis-à-vis de ses compagnons, et surtout de ses compagnes de voyage ; mais on
ne doit pas oublier que l'affaire principale
pour laquelle on y est assis, est de manger.
Il faut donc le faire avec promptitude,
parce que le temps que l'on a à donner à
cette occupation, qui a bien son mérite, est
sévèrement mesuré, que le conducteur est
là, que les postillons attèlent, et que l'on
va partir.

Il faut donc ne pas se confondre en civi-
lités, et n'être poli que tout juste. On doit
surtout redouter ces commis-voyageurs, qui
sans perdre un coup de dent, et oublier les
meilleurs morceaux, ont toujours quelque histoire facétieuse à dire, quelque ser-
mon burlesque à débiter. Le provincial qui
reste devant eux la bouche béante et la
fourchette en l'air, s'amuse beaucoup sans
doute, mais ne mange pas, et quand il faut
partir il se trouve qu'il a dîné de rire, comme les écuyers de Beauce déjeunaient de
bâiller.

Si l'on doit craindre de trop écouter, il
faut craindre aussi d'en trop dire. La conver-

3

sation d'un voyageur qui dîne, doit être
brève; il ne doit jamais questionner, et si on
le questionne, il doit répondre en peu de
mots, et n'employer, s'il se peut, que des
monosyllabes.

Voici un modèle de dialogue qu'un voyageur fera bien d'étudier.

Un plaisant rencontra un jour un Carme
qui, armé d'un grand appétit, prenait sa ré-
fection dans une auberge. Voyant le bon père
procéder à cette œuvre avec une véritable
dévotion, il entreprit de l'en distraire par
une conversation qui lui fît perdre de vue
son sujet. Voici comme il y réussit.

Il l'aborde et lui dit, d'un air d'intérêt :
Bonjour mon père, êtes-vous du couvent
de cette ville ?

— Oui.

— Comment est votre couvent ?

— Beau.

— Combien y êtes-vous de pères ?

— Neuf.

— Votre règle est-elle sévère ?

— Non.

— Comment vivez-vous ?

— Bien.

— Qne mangez-vous ?

— Pain.

— Quel pain ?

— Bis.

— Quoi de plus les jours gras ?

— Chair.

— Quelle chair ?

— Bœuf.

— Quelle autre encore ?

— Veau.

— Quelle volaille ?

— Oie.

— Quel potage mangez-vous les jours maigres ?

— Riz.

— Que met-on dedans pour l'accommoder ?

— Lait.

— Ce potage , comment est-il ?

— Bon.

— Que vous sert-on après ?

— OEufs.

— Comment les mangez-vous ?

— Cuits.

— De quelle manière ?

— Durs.

— Que mangez-vous encore en Carême ?

— Pois.

— Quels pois ?

— Secs.

— Quand on vous fait de la soupe, que met-on dedans ?

— Choux.

— Quels choux ?

— Verts.

— Et pour assaisonnement ?

— Lard.

— Vous ne mangez pas de fruits ?

— Si.

— Et quels ?

— Noix.

— Que buvez-vous à déjeuner ?

— Vin.

— Quel vin ?

— Blanc.

— A dîner ?

— Vieux.

— Et de l'eau ?

— Point.

— Comment buvez-vous en été ?

— Frais.

— Et l'hiver?

— Chaud.

— Quel est le meilleur buveur du couvent?

— Moi.

— Combien videz-vous de bouteilles sans perdre la raison?

— Dix.

Quelque chose que fît le plaisant, il ne put arracher du bon religieux d'autres réponses que celles-ci, et le distraire de l'ouvrage dans lequel son esprit était absorbé.

Si l'on couche dans une auberge, il faut s'attendre, malgré la demande que l'on fait de draps bien blancs de lessive, d'en avoir qui auront déjà servi à d'autres voyageurs, et qu'on aura tout simplement repassés et repliés avec soin. Souvent cela est sans inconvénient, mais aussi cela peut avoir des suites graves. Quand on fait un voyage un peu long, il est donc prudent de porter ses draps et de les faire mettre tous les soirs dans le lit qu'on doit occuper.

Un voyageur qui se respecte, s'abstient de rien dire aux servantes d'auberge qui le

3*

servent, quelque gentilles qu'elles soient d'ailleurs. Elles appartiennent de droit aux postillons, aux rouliers, et il ne convient pas à
un homme bien élevé d'arriver après tout ce
monde-là. D'ailleurs les souvenirs que l'on
conserve de ces faciles conquêtes sont quelquefois bien cuisans et bien longs.

# CHAPITRE III.

## IDÉE GÉNÉRALE DE PARIS.

LE voyageur approche de Paris, et avant de l'y introduire, je crois qu'il est de mon devoir de lui en donner une idée générale. Quant à la connaissance particulière, il l'acquerra lui-même; puisse-t-il ne la pas payer trop cher : c'est ce que je cherche à lui éviter par mon livre.

Paris est la réunion de tous les contrastes : à côté de l'excessive opulence, on y trouve la plus affligeante misère; à côté du luxe le plus éblouissant se rencontre la plus triste nudité; des masures sont adossées à des palais.

L'étranger qui, sur les lectures et sur le rapport que lui ont fait des voyageurs soigneux de dissimuler la partie honteuse de leurs remarques ; l'étranger , dis-je, qui se figure que cette capitale de la France et du monde civilisé ne renferme dans son enceinte que des gens riches , heureux, sans cesse occupés de leurs plaisirs , et toujours en contemplation devant les chefs-d'œuvre qui les environnent, s'en fait une très-fausse idée. Ces monumens somptueux qu'il regarde avec tant d'admiration et d'enchantement, ne sont pour ceux qui les voient tous les jours , qui les possèdent , et ne seront bientôt pour lui-même , qu'une masse de pierres arrangées avec simétrie et suivant quelques règles d'architecture ; les plaisirs qui semblent naître sous les pas des Parisiens, ne s'achètent, et il l'apprendra à ses dépens, qu'au poids de l'or, et cet or il faut l'acquérir par le travail ou de toute autre manière.

Un séjour de quelques semaines aura bientôt désenchanté l'étranger ; et quand il aura vu combien la vie du Parisien est occupée et remplie, combien le besoin de gagner lui impose de courses et de démarches, il commencera à comprendre qu'il n'habite pas tout-à-fait un pays de Cocagne.

Que dira-t-il quand il verra des jeunes gens, forts et vigoureux, consumer leur journée à déplier et replier des étoffes, pendant que, devant leur porte, passe une femme courbée sous une hotte, et chargée d'un fardeau sous lequel ploierait un cheval. Quelle réflexion fera-t-il quand on lui apprendra que des hommes fabriquent et vont essayer à la pratique, les corsets de nos élégantes, lorsque des femmes font de leurs mains, cette partie de notre habillement dont une pudique anglaise ne doit pas même entendre prononcer le nom, et que Louvet, dans son roman de Faublas, a nommé le vêtement nécessaire? Que pensera-t-il, quand on lui fera voir?.... que Paris est la ville des contrastes, comme je l'ai dit au commencement de ce chapitre, et que le travail y est aussi sévèrement imposé que partout ailleurs?

Les hommes arrivés de tous les pays, et qui forment le fond de la population de la capitale, viennent unir aux contrastes qui naissent de la différence des positions sociales, celles qui ressortent de la figure, de

la couleur, du langage et des inclinations na-
tives. De là il résulte qu'il n'y a point à Paris de caractère fixe, ni de physionomie décidée. Le Parisien de pure race, noyé dans
les flots d'étrangers au milieu desquels il
circule, n'est plus reconnaissable aujour-
d'hui : il a tant emprunté des uns et des autres, qu'il ne conserve rien de lui-même,
qu'il est impossible de le bien définir ; et le
mouvement continuel de va et vient, qu'é-
prouve la population dont il fait partie,
tend sans cesse à le dénaturer encore davantage.

Aux contrastes dont je parle plus haut, il
faut encore unir ceux qui tirent leur origine
de la présence ou de l'absence de principes
religieux et de vertus morales : il faut donc
s'attendre à rencontrer à Paris des hommes
actifs, laborieux, sobres, tempérans, et des
hommes paresseux, nonchalans, dissolus,
débauchés. Il en est qui ne veulent devoir
leur existence qu'à un travail honnête, et
une foule qui la demandent à une industrie
criminelle : vingt mille se lèvent tous les
matins sans savoir comment ils dîneront, et

à la fin de la journée, tous, les uns par force, les autres par adresse, ont conquis leur dîner. A cette occasion, j'emprunterai au spirituel auteur de l'*Ermite de la Chaussée-d'Antin* un passage qui peint parfaitement la classe la moins redoutable de ces nombreux industriels.

Voici comment s'exprime mon auteur :

« Croira-t-on qu'il existe dans cette grande capitale une classe assez nombreuse de gens qui ne possèdent pas un sou, qui n'exercent aucune profession, qui n'ont ni parens ni amis, dont la conduite n'a rien de légalement répréhensible, et qui trouvent cependant le moyen de mener une vie assez douce? Voici la solution de ce singulier problème. L'homme que nous prendrons pour type de l'espèce dont il est question, sort de chez lui de fort bonne heure : une pièce d'estomac de batiste, bien blanche et bien plissée, supplée à la chemise qui lui manque ; une cravate noire lui donne un air militaire dont il peut tirer parti au besoin ; le drap de son habit, vu de près, laisse un peu à découvert le travail du tisserand ; mais, à tout prendre, il est proprement vêtu; il peut, sans être désagréablement remarqué, se présenter partout : c'est le point important. On l'a pris à témoin, la veille, dans un pari dont la perte entraîne un déjeuner au Rocher-de-Cancale, à la Porte-Maillot, ou sous la rotonde du Palais-Royal : il s'y trouve naturellement invité, et ne manque jamais d'arriver le premier au rendez-vous. Vers quatre heures, il entre dans une maison de jeu, examine attentivement la figure et la contenance des joueurs, et s'attache de préférence à l'étranger que la fortune favorise. Un joueur qui gagne dîne bien, et n'aime pas à dîner seul : notre homme accompagne le ponte heureux chez le restaurateur, s'assied à table avec lui, et dîne à ses dépens. Le dîner fini, il court au café Minerve, rendez-vous général des *claqueurs dramatiques:* il y a toujours quelque pièce nouvelle, quelque reprise, ou quelque rentrée d'actrice : notre homme est particulièrement connu du *chef de file,* à qui les billets sont prodigués dans ces jours solennels, il en obtient deux, court dans les galeries du théâtre, et propose à un provincial une entrée *gratis* que celui-ci accepte avec reconnaissance. Placés l'un auprès de l'autre, l'habitué raconte à son voisin toutes les anecdotes de coulisses, lui dit le nom de chaque acteur, lui apprend quel est l'amant de chaque actrice, et lui fait l'histoire des chûtes et des succès de l'auteur qu'on joue. L'offre d'un bol de punch ou d'un riz au lait, après le spectacle, ne saurait payer tant de complaisance : on se sépare très-satisfaits l'un de l'autre, avec promesse de se revoir le lendemain, et la connaissance intime commence, de la part de l'officieux désœuvré, par l'emprunt d'un ou de deux écus de six francs, qui servent à payer une quinzaine de la mansarde qu'il occupe rue Saint-Jean-de-Beauvais. »

Mais pendant que je converse avec le voyageur, la voiture qui l'amène a franchi la barrière, est entrée dans Paris, et le voilà au but de son voyage.

# CHAPITRE V.

L'ARRIVÉE.

LORSQUE la voiture est entrée dans la cour
des messageries, et que chacun descend de la
prison ambulante, dans laquelle il est cahoté
depuis plusieurs jours, l'arrivant, comme je
l'ai dit ne doit témoigner aucun étonnement.
Le bruit dont il est frappé, le mouvement qui
l'environne , rien ne doit lui paraître étranger. Un air de stupéfaction ferait rire à ses dépens , allécherait bientôt un ou deux de ces
honnêtes industriels , oisifs par calcul , observateurs par métier , qui flairent à cent
pas , et reconnaissent , entre cinquante , la
figure candide d'un provincial ; il ne tarde-
rait pas à avoir à sa suite un ou plusieurs
officieux qui, s'il les accueillait, lui fourni-
raient bien d'autres motifs d'étonnement.

Comme je l'ai dit aussi, il faut bien se garder

de croire qu'on a formé une liaison avec ses compagnons de route ; qu'on est en droit de leur rendre visite, et de réclamer leurs bons offices. Tel homme qui, pendant plusieurs jours, vous a traité avec politesse, ne vous reconnaît déjà plus en mettant pied à terre, vous a oublié complétement quand il est entré chez lui, ou ne s'en souvient que pour amuser sa famille des ridicules qu'il croit avoir remarqués en vous. Je reviens sur ce point, parce qu'un provincial qui sort pour la première fois de son *endroit*, pourrait facilement s'y tromper, se faire recevoir avec froideur, par un compagnon de voyage dont il attendrait un accueil favorable et amical, ou, ce qui est pis encore, se jeter à la tête d'aventuriers et de fripons, qui, profitant de son inexpérience, le meneraient loin.

A mesure que les compagnons avec lesquels on a fait la route, se dispersent, on leur doit un salut et quelques mots de civilité. Il est bien de demander galamment pardon aux dames des petites incommodités qu'on a pu leur causer dans la voi-

ture, leur présenter la main pour monter
en fiacre, si elles en prennent un, et n'ont
personne pour leur rendre ce léger service ;
après cela, il faut s'occuper de soi.

Quand les hommes de peine descendent
les malles et valises, il faut reconnaître la
sienne de suite, ne la point perdre de vue,
et prendre garde qu'un voyageur commet-
tant une erreur quelquefois volontaire, ne
fasse enlever lestement une malle bien
remplie et bien lourde, pour ne laisser, à
la place, un mauvais coffre qui ne contient
que des haillons. Il faut craindre aussi qu'un
de ces industriels, qui surchargent le pavé
de Paris, ne se présente hardiment comme
voyageur, et ne fasse charger sous vos yeux
la valise qui vous appartient, et ne dispa-
raisse sur-le-champ. L'administration ne
répond pas de ces accidens-là, qui sont rares,
mais qui peuvent survenir.

Dès qu'un provincial et un étranger mettent pied à terre, ils sont assaillis de servi-
teurs officieux, de commissionnaires, qui
leur offrent leurs services pour le transport
de leurs effets. Si on prend le premier venu,

on est exposé à se confier à un fripon qui,
au premier détour, enfile une allée qu'il
connaît, et qui conduit dans une rue écartée, où il disparaît sans qu'on sache ce qu'il
est devenu. Si on a pris ainsi un commissionnaire au hasard, le meilleur parti est
de marcher à côté de lui, ou sur ses talons
sans le quitter de l'œil, et de le suivre hardiment dans tous les passages qu'il prendra.

Le moyen de ne courir aucun risque,
est de choisir pour commissionnaire un
homme porteur d'une plaque, sur laquelle
est gravé en creux un numéro, et de bien
retenir ce numéro dans sa mémoire, jusqu'à ce qu'on soit arrivé à l'hôtel. Pour sur-
croît de précaution, on peut, avant de lui
confier sa malle, le présenter au bureau,
et demander s'il y est connu. Quand les employés ont répondu de sa moralité, on n'a
rien à craindre.

~~~~~~~~~~~~~~~~~~~~~~~~~~~~~~~~~~~~~~~~

# CHAPITRE VI.

### LES HOTELS GARNIS.

L E voyageur arrivé à Paris, doit d'abord penser à se loger, c'est la première chose dont le besoin se fait sentir. Il est bien, avant le départ, de s'informer des personnes qui ont déjà visité la capitale, de l'hôtel qu'elles ont habité, et des sujets de satisfaction qu'elles peuvent en avoir eu; de cette manière, on sait où descendre, et l'on est à peu près certain d'être convenablement. Si on a négligé cette précaution, il est indifférent, ou de profiter de l'invitation que font des hommes apostés dans la cour des messageries, une adresse à la main, ou d'aller frapper au hasard à la première porte. C'est une chance à courir, mais elle n'est pas périlleuse, parce que si l'on n'est pas bien, on peut promptement se transporter ailleurs. Au surplus, les provinciaux et les étrangers peuvent être certains de trouver beaucoup d'égards et de prévenances dans les maîtres d'hôtels garnis ; ils sont dans un pays où le besoin de l'argent donne à tout le monde une excessive politesse.

Comme les courses sont fort longues à Paris, le quartier que l'on doit habiter n'est pas indifférent. Il faut, autant qu'on le peut, se placer au centre des personnes que l'on doit visiter le plus souvent, ou du moins au milieu du plus grand nombre. Ainsi, un libraire fera bien de se loger dans les environs de la rue Saint-André-des-Arts ; un marchand de vin, dans le voisinage de l'entrepôt ; un banquier, dans la Chaussée-d'Antin ; un armateur, dans le quartier de la Bourse, parce que de deux heures à quatre, il est certain de trouver réunie dans le même local, la plus grande partie des personnes à qui il a à parler ; enfin, un commissionnaire fera bien de préférer la rue Bourg-l'Abbé, parce qu'il sera à peu près au centre des fabricans.

Je ne puis pas dire à un voyageur quel

prix il doit mettre à son logement, parce que cela dépend du rang qu'il tient, et de la fortune dont il jouit. Il trouvera des appartemens depuis 3o francs par mois, jusqu'à 12, 1,5oo francs et même plus, c'est à lui à compter avec sa bourse.

Le jour de son entrée, il doit déposer son passeport entre les mains du maître de l'hôtel ; puis, inscrire son nom sur un registre visé de temps à autre par le commissaire de police du quartier qu'il habite. Cette obligation ne doit pas l'effaroucher ; elle a pour but la tranquillité et la sûreté publique, si faciles à troubler dans une grande ville ; il n'aura jamais de rapports directs avec la police, et autant qu'elle le pourra, elle veillera sur lui, sans qu'il la sente et l'aperçoive.

Le voyageur qui habitera un quartier populeux et bruyant, fera bien de choisir un appartement sur le derrière, parce que le roulement des voitures qui ne cesse, pour ainsi dire, ni nuit ni jour, est fort incommode pour un homme habitué au silence des petites villes. Comme il aura besoin de dormir après une journée employée en courses fatigantes, il doit s'arranger de manière à le faire tranquillement.

Il est de la prudence de s'informer de l'âge et des habitudes des locataires que l'on a pour voisins, surtout si l'on n'est séparé d'eux que par une mince cloison; cela pour plusieurs causes : d'abord, parce que si ce sont des gens bruyans, passant une partie des nuits, il est fort désagréable de ne pouvoir dormir que quand ils veulent bien vous le permettre; ensuite, parce que vous n'êtes plus chez vous maître de prendre le ton de voix qu'il vous plaît, et qu'en parlant à un ami, à un avocat, vous courez le risque de confier le secret de vos affaires à des gens que vous ne connaissez pas, et que vous n'auriez pas choisis pour vos confidens.

Si vous avez quelqu'objet de prix, et d'un volume facile à soustraire aux yeux, vous ferez bien de le confier à la garde du maître de l'hôtel. Vous ferez bien également de ne point avoir à la fois de fortes sommes en argent; qu'il ne se trouve jamais dans votre secrétaire plus que le montant présumé de votre dépense de la semaine ; versez le surplus chez votre banquier, ou, si vous n'en avez pas, confiez-le au maître de la maison.

Un voyageur qui ne veut pas compromettre sa santé, doit veiller à ce qu'on le serve en linge blanc, et vérifier lui-même les draps que l'on met pour la première fois dans son lit : ce n'est pas que les hôtels garnis ne soient tenus très-proprement à Paris, mais les domestiques ont quelquefois des distractions.

Dans chaque hôtel, les domestiques se chargent du soin de nettoyer les habits et de décrotter les bottes des locataires, et on paie leurs services à part. Quand on a un domestique à soi, on l'emploie à ce travail, comme aussi à faire des courses, dont se chargent également des commissionnaires attachés à chaque hôtel, et bien connus des maîtres qui en répondent au moins moralement.

Le voyageur auquel il arrive souvent des lettres fait bien d'en payer le port au fur et à mesure de leur arrivée. S'il dit qu'on les inscrive sur son mémoire, le portier qui les reçoit ordinairement, et qui n'en tient pas un compte bien exact, quand il se fera rembourser par le maître de l'hôtel, dans la crainte d'en oublier une, ne se fera pas toujours scrupule d'en déclarer deux ou trois de plus. Ceci n'est qu'une affaire de petite importance, mais dans un pays où l'argent se dépense si vite, il faut veiller à tout.

Quand on se trouve à Paris pendant l'hiver, et qu'on y doit passer plusieurs mois, il est bon de s'approvisionner de bois dans un chantier, si on a un appartement convenable pour cela, parce que le bois que fournissent les maîtres d'hôtel revient à un prix excessif. Il en est de même pour le vin, si on déjeune chez soi.

~~~~~~~~~~~~~~~~~~~~~~~~~~~~~~~~~~~~~~~~~~~~~~~~~~

# CHAPITRE VII.

---

## LES RESTAURATEURS.

APRÈS avoir pourvu à son logement, le voyageur doit s'occuper de sa nourriture, et sans être gastronome, il doit attacher quelqu'importance au choix d'un restaurant, parce que sa santé dépend du régime de vie qu'il adoptera, et des alimens dont il fera usage.

Il n'y a pas de pays au monde où le voyageur et l'étranger aient plus de facilité pour vivre à leur fantaisie et selon leur fortune que la ville qu'ils habitent en ce moment. Ils y trouvent des dîners à tous prix, et des mets de toute espèce. Ils pourront dépenser depuis quinze sous jusqu'à cinquante francs et plus pour un repas ; c'est à eux de consulter leurs goûts et leurs ressources.

Différentes sortes de maisons sont ouvertes à l'appétit public, nous allons les passer en revue. Les tables d'hôte ont cela d'agréable, qu'après quelques jours, on y a fait des connaissances et qu'on y jouit du plaisir de la conversation ; mais aussi, les dîners qu'on y prend ressemblent beaucoup à ceux que l'on a faits le long de la route, dans les auberges où l'on s'est arrêté ; il faut y enlever les mets à la pointe de l'épée. Un dîneur assis à une table d'hôte, doit avoir un estomac robuste et une mâchoire infatigable. Je plains celui qui mange lentement et a besoin de bien triturer ses alimens ; à peine a-t-il goûté d'un plat, qu'il ne reste plus rien des autres. Que sera-ce, grand dieu ! s'il est parleur, s'il s'est engagé dans un récit un peu long, ou si, trop attentif à la conversation d'un voisin, il s'est arrêté pour ne rien en perdre ; il doit nécessairement dîner par cœur, ou manger les restes.

Dans toutes les tables d'hôte, il y a un officier tranchant chargé de découper et de servir les convives. Si ce soin est pris par le

5

maître de la maison, les parts sont faites
avec équité, parce que le maître a intérêt de
ne mécontenter personne ; s'il est pris par
un des convives, celui-ci, qui a l'habitude
de la table où il se trouve, s'arrangera si
bien, que le meilleur morceau, inaperçu
ou enterré sous les autres, lui restera toujours.

Les tables d'hôte sont, en général, mal
servies, et toutes celles où l'on offre, par les
petites affiches, cinq à six plats pour le prix
de trente à quarante sous par tête, sont autant de piéges dans lesquels on ne doit pas
tomber, si l'on tient à faire un dîner sain et
suffisant.

Il en est cependant qui sont ordinairement tenues par des dames, et servies avec
abondance et délicatesse. On y trouve une
société aimable qui a tout l'air de la bonne
compagnie. On a pour voisines des femmes
jeunes, agaçantes et jolies. Le prix n'est pas
élevé, et le voyageur inexpérimenté s'é-
tonne qu'on puisse le traiter comme on le fait,
pour l'argent qu'on lui demande ; il en conclut avec simplicité, que la maîtresse de la

maison n'entend pas le métier qu'elle fait, et se ruine par bonté d'âme. Oh! que non, attendez; à peine a-t-on pris le café, que sous prétexte de faire la conversation, on passe dans un salon voisin; des tables de jeu sont préparées, on vous invite à vous y asseoir. Le dîner s'est prolongé long-temps, il est trop tard pour aller au spectacle, que faire? Vous cédez, comptant n'engager qu'une partie modeste à dix sous la passe, comme vous la jouez chez vous. On vous propose un écarté à cinq francs, vous êtes assis, vous ne voulez pas passer pour un homme qui craint de risquer une aussi faible somme, ou qui n'a pas le moyen de la perdre; vous vous laissez enfiler par amour-propre, et vous rentrez à votre hôtel plus léger de quelques centaines de francs. Quant à la maîtresse de la maison, sur laquelle vous aviez à table la bonté de vous appitoyer, elle se retrouve amplement sur le produit du flambeau, de ce qu'elle a pu perdre sur votre dîner.

Les femmes qui tiennent ces sortes de tables, sont toujours, selon leurs habitués, des personnes fort recommandables; l'une est la veuve d'un officier général qui n'a point de pension, l'autre est la veuve d'un préfet injustement destitué et mort de chagrin... etc. ; rien de tout cela n'est vrai. La maîtresse de la maison est presque toujours une aventurière, que la police surveille, et dont elle ne peut fermer le repaire ; quant à la société qui vous environne, les hommes sont des chevaliers d'industrie, intéressés dans les revenus du tripot, et les femmes des prostituées ou tout au moins des filles entretenues, très-disposées à vous dépouiller de ce que vous avez pu, par une retraite prudente, arracher à la rapacité des joueurs.

Une table d'hôte, quand même elle serait bien tenue et qu'on y serait toujours environné d'une bonne société, a ce désagrément ; qu'il faut y arriver à l'heure. Il est vrai que quand on ne dîne pas, on ne paie pas ; mais lorsqu'on a pris ses habitudes et qu'il faut les changer, ne fut-ce que pour une fois, on est tout dépaysé. Or, comme un étranger ne peut répondre qu'il aura fini, ou qu'il pourra suspendre ses affaires à telle ou telle heure, il ne convient pas qu'il s'impose une obligation que souvent il ne pourra pas remplir. Il est mieux qu'il mange chez un restaurateur, il dînera quand il voudra et où il voudra.

Les murs de la Capitale sont couverts d'affiches où l'on offre des dîners à prix fixe. Ces dîners sont quelquefois suffisans, mais le plus souvent ils sont exigus et malpropres ; les mets sont mal préparés, les viandes dures et coriaces, les poissons à demi gâtés, l'huile rancie. Pour s'en accommoder, il faut être armé de l'appétit vigoureux d'un jeune étudiant, ou avoir la faim vorace d'un Auvergnat.

On doit choisir un restaurateur, autant qu'on le peut, dans les environs du Palais-Royal : pour quatre à cinq francs on dînera très - confortablement. Si l'on a fait un déjeuner un peu substantiel, et qu'on ne se trouve pas en appétit, c'est un très-sot amour-propre de demander, après le premier plat, un mets auquel on ne touchera point, pour ne pas avoir, aux yeux du garçon qui sert, ou de la dame du comptoir qui fait la carte, l'air de dîner à bon marché.

5*

Ni l'un ni l'autre ne pensent à vous, soyez en sûr, si non pour être à votre commandement, et recevoir votre argent. A peine serez-vous sorti, qu'ils ne se souviendront ni de vous, ni de votre dîner.

Prendre la carte à payer qu'on vous présente, y jeter un coup d'œil distrait, la solder et la chiffonner ensuite, n'est pas se donner un air de grandeur, mais faire un métier de dupe. Avant de compter votre argent, il est bien de vérifier si on ne vous demande que ce que vous devez. Non pas que les restaurateurs soient, dans leurs calculs, sujets à caution, mais, comme tous les autres hommes, ils sont exposés à l'erreur : dans une salle où soixante à quatre-vingts dîneurs se pressent et demandent tous à la fois, un garçon peut s'étourdir ; une dame à qui on réclame en même temps cinq à six cartes, peut, de son côté, perdre aussi la tête, et vous envoyer la carte de votre voisin, qui a dépensé deux fois plus que vous, ou vous porter des mets que vous n'aurez pas eus. Avant de lâcher son argent, il faut donc s'assurer que le compte est juste.

~~~~~~~~~~~~~~~~~~~~~~~~~~~~~~~~~~~~~~~~~~~~~~~~~~~~~~~~~~~~~~

# CHAPITRE VIII.

VISITES AUXQUELLES ON DOIT S'ATTENDRE.

LE voyageur doit s'attendre à recevoir, dès le lendemain de son arrivée à Paris, la visite d'un médecin, d'un tailleur, d'un bottier et d'un coiffeur, qui viendront, à son lever, lui faire des offres de service; chacun étalera une longue série de titres à la confiance qu'il sollicite : le médecin est aggrégé à deux ou trois sociétés savantes, a remporté nombre de prix, et guéri une foule de malades qui ne sont plus en état de se plaindre ; le tailleur a, dans telle circonstance, très-bien habillé je ne sais combien d'officiers supérieurs et de princes souverains; le bottier et le coiffeur ont l'honneur de soigner la tête et les pieds de plusieurs excellences germaniques dont les armoiries servent d'enseigne à leur boutique. Il faut prendre l'adresse de tous ces gens-là, leur promettre de recourir au besoin à leurs talens ; leur assurer que vous aurez le soin de les faire demander ; autrement, il n'y a pas de raison pour qu'ils ne reviennent tous les matins solliciter une nouvelle audience. Arrivent ensuite, et même avant, les petites lettres mystérieuses. Madame une telle vous invite à passer chez elle, pour vous faire voir *quelque chose de fort joli.* Ce quelque chose est une couvée de misérables filles, bien parées, bien enluminées, mais flétries, usées, exténuées, mal élevées, sorties depuis peu des Capucins et de la Force, où elles ne tarderont pas à retourner, qui vous laisseront de leurs *âcres baisers* de longs et cuisans souvenirs, pour prix d'une large saignée qu'elles auront faite à votre bourse. Une autre dame, qui se dit votre très-humble et très-obéissante servante, vous invite à une soirée ou à un bal. Si, enchanté d'une prévenance flatteuse pour votre amour-propre, vous vous rendez à cette invitation, vous tombez au milieu d'un tripot peuplé d'escrocs et de femmes plus que suspectes ;

les uns vous engagent poliment à prendre place autour d'un tapis vert, les autres vous lancent des œillades très-significatives, et le lendemain vous rentrez à votre hôtel la bourse vide, et peut-être poursuivi par des craintes justement fondées.

Un matin vous verrez arriver un vieil ami de collége qui est venu chercher la fortune à Paris, et qui y croupit depuis trente ans dans la misère et quelquefois dans la débauche. Enchanté de vous revoir, il a à vous rappeler une foule de souvenirs qui datent de votre enfance, et pour en causer plus longuement, il vous invite à son maigre dîner. Refusez, ou le repas ne sera pas fini que vous aurez prêté quelques cents francs qui ne vous seront jamais rendus, et que vous n'aurez pu refuser à un compatriote avec lequel, trente ans auparavant, vous avez joué aux barres ou au cheval fondu.

Un autre de vos compatriotes, solliciteur toujours éconduit, viendra vous supplier d'employer, pour lui faire obtenir une place, les protections que vous réservez pour vous. S'il vous sait admis chez des personnages d'un rang élevé, il vous prie de le présenter, ou tout au moins d'apostiller la supplique qu'il leur adresse. Vous êtes venu pour faire vos affaires, et il se trouve que vous usez votre crédit pour faire celles des autres. Un fils de famille, étudiant en droit ou en médecine, qui a mangé en trois jours, avec des grisettes, ce que son père lui avait envoyé pour un mois, accusant sa famille de le laisser sans argent, vous priera de lui avancer quelques écus, que ses parens vous rendront à votre retour. Vous ne pouvez guère refuser ce service au fils d'un voisin, au neveu de votre notaire, etc. Vous lâchez les espèces, et quand vous êtes rentré chez vous, on fait la grimace pour vous rembourser, et on vous reproche de vous prêter aux déréglemens d'un jeune homme.

Au fils de votre voisin succédera un homme vêtu de noir : c'est un propriétaire ruiné par des malheurs imprévus, un artiste distingué autrefois, aujourd'hui vieux, infirme et pauvre. Il vient vous supplier de prendre pitié de sa gloire et de sa misère.

Il vous déroule la longue liste des personnes éminentes qui prennent intérêt à lui, attestent sa moralité, et pourtant le laissent mourir de faim. Point de pitié pour la paresse et le mensonge. Refusez avec fermeté, et congédiez promptement cet effronté mendiant, et jetez un coup d'œil à votre cheminée pour voir si votre montre est encore sur le coussinet où vous l'avez mise la veille. Cet homme vous trompe : il ne fut jamais ni un propriétaire, ni un artiste. Son certificat est couvert de signatures fausses ou arrachées par importunité.

Si vous êtes franc-maçon, et que cela vienne à être su, attendez-vous à recevoir la visite d'un homme déguenillé qui, en se faisant reconnaître à vous, vous appellera mon frère, et, en vertu de la confraternité, vous mendiera cinq francs, deux francs, cinquante centimes. Envoyez-le aux comités de bienfaisance des loges de Paris, qu'il se gardera bien d'aller trouver, parce que depuis vingt ans il y est noté comme un paresseux qui vole les secours qu'on lui accorde, et les mange dans les cabarets et les lieux de débauche. Un misérable de cette espèce, que je rencontre encore dans Paris, où il doit être enfin connu, s'est fait, de son propre aveu, jusqu'à six mille francs par an à l'aide de ces indignes manœuvres. Aussi, rejetait-il bien loin celui qui lui parlait de solliciter une place.

A peine celui-ci est il sorti, ou dans le moment même que vous l'écoutez encore, entre une femme à la figure basse, à l'air ignoble, à l'haleine empestée ; c'est la veuve infortunée d'un frère qui a occupé dans la maçonnerie des dignités et des emplois distingués ; elle vous en montre les décorations, le diplôme, et sollicite de votre bienfaisance un léger secours pour l'aider à nourrir quatre enfans ou petits-enfans dont elle est chargée. Mettez sans façon ce nouveau personnage à la porte.

Mais, voici deux dames élégamment vêtues que vous vous empressez de recevoir et de faire asseoir sur vos meilleurs fauteuils. Le mari de l'une d'elles tient sous les verroux de Sainte-Pélagie, et pour de

petites sommes, quatorze pères de famille.
Madame quête pour les Grecs : donnez si
vous voulez, les Grecs sont si intéressans
et si malheureux ! mais cependant ne comp-
tez pas que votre secours leur arrivera bien
entier, il va passer par tant de mains !

A ces dames succède un homme à
projets, possesseur d'un secret merveilleux
qu'il n'a pas le moyen d'exécuter par lui-
même. Il fonde une société en commandite ;
les actions ne rapporteront que cent pour cent
la première année ; les suivantes seront meilleures. Il n'a plus qu'une action à placer,
il vient vous l'offrir. Remerciez-le, et dites-
lui de favoriser un autre des bénéfices qu'il
veut vous procurer.

Survient un commissionnaire en librai-
rie. Il vient vous proposer de vous rendre
souscripteur pour une publication dont le
prix sera double lorsque la liste sera close.
Remerciez-le aussi. Quand l'ouvrage aura
paru et que les abonnés seront fournis, vous
le paierez moitié moins qu'eux.

6

# CHAPITRE IX.

## LES CONNAISSANCES.

Un étranger doit être en garde contre les connaissances qu'on peut former à Paris. La ville est peuplée d'officieux dont la profession est de vivre aux dépens des dupes qu'ils ont le talent de faire. Ces hommes ont bonne tenue, la langue bien affilée, et sont parfaitement instruits de tout ce qui se passe et se dit : ce sont des gazettes et des affiches vivantes. Ils habitent souvent les hôtels garnis, où ils ont un appartement quelquefois somptueux, et dans lesquels ils cherchent leurs victimes.

Constamment au fait de tout le mouvement de la maison, ils connaissent aussitôt que le maître, le nom et le rang des étrangers qui y arrivent. Sous un prétexte quelconque, ils se font présenter et introduire : leurs manières, leur ton, leur valent sou-

vent un gracieux accueil : un homme qui,
pour la première fois, tombe à Paris du
fond de la province ou d'un royaume étranger, remercie la Providence, qui lui envoie
quelqu'un qui le garantira des piéges qui
l'attendent, dans une ville qu'il redoute, et
où tout lui est inconnu.

Du reste, l'homme précieux dont il vient
si promptement d'acquérir l'amitié, est pour
lui d'une complaisance sans égale, et n'ignore
rien. Si l'étranger a des affaires à traiter, son
ami connaît des notaires, des avoués, des
avocats, dignes de la confiance la plus entière ; s'il fait à Paris un voyage de plaisir
et de curiosité, son ami connaît les sociétés
les plus brillantes, les curiosités les plus
rares ; il sait les heures pendant lesquelles
le monde distingué peut obtenir l'entrée
des monumens publics, des appartemens
royaux, de la chapelle du château ; il a des
billets pour tous les spectacles, les concerts,
les académies, etc. Si l'étranger veut avoir
équipage, son ami lui en procure un, règle
le prix de location, défend ses intérêts, etc.
Tant de soins méritent une récompense : On

traite avec égard un homme si nécessaire ; on le mène dîner chez les restaurateurs qu'il choisit lui-même, et qui sont toujours les plus renommés et les plus exigeans ; on lui prête de l'argent que, par délicatesse, on ne lui demande pas ; on paie partout pour lui.

Que résulte-t-il de tout cela ? Que votre ami s'entend avec vos fournisseurs, avec vos marchands, et prélève un droit de commission sur tout ce que vous achetez ; que le loueur qui vous fournit une voiture lui fait une remise de trois à quatre francs par jour sur le prix du loyer. Sous prétexte de vous introduire dans la bonne société, il vous lance dans un tripot, où l'on vous dépouille sans pitié ; peut-être même a-t-il l'effronterie de vous mener aux jeux du Palais-Royal, sous prétexte de suivre une martingale qui doit décupler votre fortune en trois mois. Quand vous n'aurez plus le sou, savez-vous ce qui arrivera ? Il vous plantera seul un beau jour, changera de quartier, et ira chercher d'autres dupes.

Un honnête Franc-Comtois qui avait gagné une soixantaine de mille francs dans des fournitures faites à l'armée d'Espagne, pendant la première guerre, les ayant apportés à Paris, vint me consulter sur l'emploi qu'il devait faire de sa petite fortune. Je lui donnai le conseil de la placer sûrement, et de vivre en paix de son revenu, qui, pour la province, serait bien suffisant. Il me quitte, et, trois mois après, revient m'emprunter quinze francs pour s'en retourner à pied dans son village. Un ami d'hôtel garni lui avait tout dévoré, et l'avait quitté sans lui dire adieu.

Il faut redouter à Paris et les connaissances qu'on y rencontre, et celles qu'on y fait; il faut remercier poliment celles-ci, et les congédier avec ménagement. Quant aux premières, on ne peut pas s'en débarrasser si vite : il est permis de les accueillir, de leur donner des conseils; mais il est défendu par la prudence d'user son crédit et son temps en démarches et en sollicitations pour elles, et de leur ouvrir indiscrètement sa bourse, à moins que l'on ait de l'argent à perdre et rien à solliciter pour soi.

~~~~~~~~~~~~~~~~~~~~~~~~~~~~~~~~~~~~~~~~~~~~~~~~~~~~~~~~

# CHAPITRE X.

---

## DE LA MISE ET DE LA TENUE.

UN des travers de la province est d'enchérir sur les modes que l'on reçoit de Paris, et ce travers, très-facile à distinguer dans les hommes, est encore plus remarquable chez les femmes. Si une provinciale apprend qu'on met, dans le beau monde de la capitale, trois garnitures à une robe, soyez sûr qu'elle en mettra au moins cinq à la sienne ; si une jolie Parisienne porte un chapeau dont la passe ait six à sept pouces, une élégante des bords du Lot ou de l'Aveyron voudra que la passe du sien en ait quinze à dix-huit. Il résulte de tout cela que, quand d'honnêtes provinciaux, bien endimanchés, promènent au bois de Boulogne, ou sur le boulevart de Coblentz, les ajustemens qui leur font tant d'honneur, et éveillent tant de jalousies dans le chef-lieu de leur arrondissement, ils ressemblent à des caricatures d'un autre siècle, et font deviner tout de suite que la veille ils sont descendus par le coche.

Il faut donc qu'un homme, et surtout qu'une femme, qui se sont, dans leur province, piqués de corriger les travaux élégans et délicats de la déesse fantasque dont le temple est à Paris, laissent prudemment dans leur commode ou leur armoire leurs beaux habits et leurs belles robes : ils les en sortiront plus tard pour briller au cercle de madame la sous-préfète, de madame la receveuse des contributions indirectes, et faire créver de dépit toutes les sommités sociales d'un bourg de quinze cents âmes. A Paris, on se donne un ridicule avec ce qui est, à cent cinquante lieues, un élément certain de succès.

Un provincial doit donc se vêtir convenablement, selon son rang, sa fortune, le goût du jour, et particulièrement son âge. Il faut qu'il calcule bien qu'à Paris, il n'y a de dimanche que pour la classe marchande et pour les ouvriers, qui profitent de ce jour pour se faire la barbe et mettre une chemise blanche. On s'habille proprement, élégamment, à Paris, tous les jours de la semaine : il faut donc qu'il se résigne à y mettre tous les jours son habit des dimanches.

On doit se raser chaque jour, et mettre tous les matins du linge blanc : une chemise ou une cravate froissée ou retournée est de mauvais ton. Il faut que tout soit en harmonie dans la mise : les bottes, le chapeau, s'ils ne sont pas neufs, doivent être très-propres, et paraître achetés de la veille. Si l'on a l'habitude de porter la canne, on peut la conserver, quitte à dépenser des pièces de dix centimes à chaque monument public, à la porte duquel on est tenu de la déposer ; mais il convient de la manier avec aisance, de ne pas la faire voltiger au risque de blesser les passans, et de se donner l'air d'un tambour-major qui commande un roulement ; ensuite, comme elle ne doit servir, surtout dans les jeunes gens, que de contenance et de maintien, elle doit être mince, légère, et ne pas ressembler à une massue.

Les jeunes gens de province sont sujets à franchir les bornes aussi bien dans la tenue que dans la mise ; ainsi, ceux qui, croyant se donner de l'aisance, marchent en se balançant, le nez au vent, le chapeau sur l'oreille, la main dans le gousset, et en fredonnant un air d'opéra comique, ne sont pas précisément des impertinens, mais des hommes de mauvais ton.

D'un autre côté, ceux qui s'en vont d'un air gauche et emprunté, ouvrant de grands yeux, une grande bouche, s'émerveillant de tout, se récriant sur tout, s'arrêtant devant chaque boutique, et en faisant l'inventaire, comme un huissier qui médite une saisie pour le lendemain, ne sont pas, rigoureusement parlant des imbéciles, mais au moins des niais.

~~~~~~~~~~~~~~~~~~~~~~~~~~~~~~~~~~~~~~~~~~~~~~~~~~~~

# CHAPITRE XI.

---

## VISITES A FAIRE.

Quand vous êtes installé, que vous avez
choisi le restaurateur chez lequel vous dî-
nerez, et que vous avez écouduit les impor-
tuns et les mendians qui sont venus vous
assiéger , il faut vous occuper des visites que
vous avez à rendre et des lettres de recommandation que vous avez à remettre,

La première chose est de suivre ce que je
viens de dire dans le chapitre précédent, et
de faire une toilette soignée , sinon par la
richesse, du moins par la propreté des vêtemens. A Paris, où l'on ne peut connaitre un
nouvel arrivant , on le juge par l'habit ; le
moyen est bien incomplet, exposé à bien des
méprises , mais il est le seul qu'on ait sur-le-
champ à sa disposition.

Quand la toilette est faite, et même avant

de la faire, il est prudent d'écrire sur autant de cartes que l'on a de maisons à voir, le nom et l'adresse de chaque personne chez qui on doit se rendre, et de les faire classer par une personne qui connait bien la ville. A l'aide de cette précaution, on va direc-tement et promptement à son but, on ne court point le risque d'aller et revenir vingt fois en une journée sur ses pas ; mais il ne faut pas cependant s'imaginer que l'on soit tout de suite en état de courir à pied les rues de Paris, comme un domicilié depuis vingt ans.

La première course que l'on doit faire est pour se rendre chez Terry, libraire, Palais-Royal, au Dieu Mars, et y acheter : le *Vrai Conducteur parisien* ou le plus complet, le plus nouveau et le meilleur *Guide des Étrangers à Paris*, leur indiquant le moyen de connaitre en douze jours tout ce que la capitale renferme de curieux et d'utile à voir dans les douze arrondissemens, décrits séparément, 1 fort vol. in-18, orné de 22 vues et d'un nouveau plan de cette ville. Avec cela on peut se mettre en route.

Les courses qui ne s'étendent pas au-delà
du voisinage de l'Hôtel que l'on habite, peuvent se faire à pied, quand le temps est
beau; mais s'il pleut, si l'on doit aller loin,
il faut absolument prendre une voiture,
pour ne pas fouler d'un pied crotté les par-
quets cirés.

Quelle voiture doit-on prendre? il faut
avant de faire son choix consulter l'état du
temps. S'il ne fait que de la crotte, il convient
de préférer un cabriolet, qui va beaucoup
plus vite, qui se tire mieux d'affaire dans
les rues embarrassées, dont on decsend et
dans lequel on monte plus vite. Pendant la
pluie, c'est autre chose; si on a le pied sec,
on risque d'avoir toute la poitrine et les
cuisses innondées, pour peu qu'on marche
contre le vent; il faut en ce cas choisir une
voiture fermée, et si l'on se rend chez un
personnage distingué, ou au château, dans
la cour duquel les fiacres n'entrent pas, il
est presque ordonné de prendre une voiture
de remise.

Quand on monte dans un fiacre ou dans
un cabriolet de louage, il faut dire au cocher

comment on le prend, si c'est à l'heure ou pour une course seulement : dans le premier cas, il est bien que le voyageur règle sa montre sur celle de son conducteur, pour ne point avoir, lorsqu'il le quitte, de discussion pour le paiement ; ensuite il doit prendre et retenir le numéro de la voiture dans laquelle il se trouve, afin de pouvoir obtenir justice du cocher, s'il se montrait exigeant et malhonnête comme cela arrive quelquefois.

Toute voiture publique stationnant sur place doit marcher à première réquisition, et à toute heure, pour aller charger même à domicile, et quelque soit le rang qu'elle occupe dans la file. Il est bien de prendre celle qui est en tête, parce que les chevaux sont mieux reposés. Un cocher qui a été appelé et renvoyé sans qu'on l'emploie, a droit à une demi-course. Il peut se faire payer lorsque les personnes descendent, quand elles entrent dans un jardin public, ou un lieu qui offre plusieurs issues ; et d'avance, lorsqu'il conduit quelqu'un au spectacle, au bal, etc., tout cocher ou conducteur qui a été détourné

7

dans une course est censé pris à l'heure, et doit être payé en conséquence.

En province on se lève matin et on se visite de bonne heure : suivre cette pratique dans la capitale, dans l'espoir de s'avancer, serait courir le risque de n'être admis nulle part, du moins pendant la première partie de la matinée. A Paris, on ne reçoit personne avant dix heures du matin. L'heure du déjeuner, qui a lieu de onze heures à midi, celle du dîner, qui est de cinq à six, sont aussi deux heures indues pendant lesquelles on ne doit se présenter nulle part. Quand on rend visite à une femme, on n'est guère reçu que de deux heures à quatre. C'est le moment où la toilette est faite ; la coquetterie est sous les armes, et ne craint point la visite d'un profane.

A moins qu'on ne soit convoqué chez un agréé à une assemblée de créanciers, au tribunal pour une plaidoirie, il faut à Paris, quand on a un rendez-vous, se rendre à l'heure fixée. On y est avare de son temps, et l'on n'aime point le perdre à attendre. Un quart d'heure de retard peut faire manquer une affaire importante.

Un provincial et un homme étranger aux mœurs de la capitale, s'en laissent facilement imposer par un riche ameublement et par un air d'importance. Depuis long-temps à Paris on n'est plus dupe de ces apparences. Les domestiques qui vous reçoivent et vous introduisent, quelquefois n'ont pas été payés depuis six mois, ces rideaux somptueux, ces glaces entourées d'une bordure dorée, ces bronzes, ces marbres, seront peut-être vendus demain par autorité de justice, pour solder les marchands qui les ont livrés, et acquiter le loyer du salon qu'ils occupent. Un riche ameublement ne prouve rien ; est très-souvent un moyen d'inspirer une confiance qu'on ne mérite pas et de faire des victimes. A Paris il faut se défier de ce qu'on voit, comme de ce qu'on entend.

~~~~~~~~~~~~~~~~~~~~~~~~~~~~~~~~~~~~~~~~~~~~~

# CHAPITRE XII.

---

### LES RUES DE PARIS PENDANT LE JOUR.

La première fois qu'un provincial, sorti de sa ville tranquille et silencieuse, met le pied dans les rues de Paris, il est ébloui par cette multitude de piétons qui circulent, se pressent, toujours sur le point d'être écrasés par cette foule de voitures de toutes espèces qui roulent comme la foudre. Il s'étonne qu'il n'arrive pas cent malheurs par jour, et ne conçoit pas comment ces gens qui l'environnent rentrent le soir tout entiers chez eux. Il craint de se hasarder, se risque enfin, s'aguerrit au bruit, apprend à se ranger à propos quand vient sur lui un rapide équipage, et au bout d'une quinzaine est aussi adroit et aussi téméraire que ceux pour qui il tremblait d'abord.

Un étranger ne peut pas déployer sur chaque borne la carte topographique de Paris, dont il s'est muni à son arrivée, et est quelquefois obligé de demander son chemin. Pour cela il ne doit point interroger une personne qui marche à son côté ou vient à lui. Cette personne peut être elle-même un étranger, ou un habitant d'un quartier éloigné, et ne pas connaître celui où on se trouve. Il faut s'adresser à un marchand en boutique; un commissionnaire que l'on rencontre au coin d'une rue, un cocher de fiacre stationné sur une place, seront des indicateurs certains. Par métier, ils connaissent tout Paris.

Quand on parcourt les rues à pied, il faut regarder attentivement devant soi, autour de soi, quelquefois en arrière, mais il est prudent de lever aussi de temps en temps les yeux en l'air; un danger menace le piéton, surtout de neuf heures à deux heures, environ; les domestiques et les femmes de chambre qui font les appartemens secouent

7*

les tapis par les croisées, et couvrent souvent de poussière les passant qui se trouvent à leur portée.

Dans les villes de province où on ne rencontre que peu de monde, et où la circulation est libre, on s'effarouche d'un coup de coude adressé par un passant, et peu-être en effet a-t-il quelque chose de significatif. A Paris c'est autre chose, on n'y fait pas attention ; on le regarde comme un de ces accidens impossibles à éviter dans une ville où s'agite et se meut avec grande rapidité, et souvent en sens contraire, une nombreuse population. Qu'un provincial fasse donc de même, et ne se croie pas à chaque instant provoqué par des gens qui ne pensent pas à lui, ne le connaissent pas et ne le connaîtront jamais. S'il se retourne pour demander raison de l'insulte qu'il croit avoir reçue, il voit celui qui l'a coudoyé continuer sa marche avec rapidité. et déjà à dix pas de lui, après avoir coudoyé cinq à six personnes, et avoir été coudoyé par un même nombre. S'il fallait s'offenser, à Paris, de mille petits accidens dont s'irrite la susceptibilité provinciale, il n'est pas un homme qui, en rentrant chez lui, n'aurait pour le lendemain au moins une demi-douzaine d'affaires d'honneur à vider.

Il est imprudent de se glisser dans la foule que l'on trouve réunie autour d'un escamoteur, d'un saltimbanque, d'un marchand de chansons, devant l'étalage d'un magasin ; il est rare qu'on ne laisse pas dans la mêlée sa montre ou son mouchoir. C'est dans ces attroupemens que les voleurs aspirans et novices font leurs premières armes, et travaillent à gagner leurs éperons.

Quand on est couvert de boue par un équipage qui passe avec rapidité, il faut s'essuyer philosophiquement sans rien dire, et ne pas perdre son temps à crier des injures au cocher et à le menacer de la canne. L'équipage est déjà bien loin, le cocher qui n'a pas vu ou qui a déjà oublié le plaignant, ne l'entend pas ; et puis une scène publique ameute les passans et leur apprête à rire.

Si l'on donne le bras à une dame, il ne faut pas s'offenser lorsque quelques jeunes gens indiscrets la regardent de près et font pres-

que à voix haute des réflexions entre eux,
sur sa jeunesse, sa beauté, sa toilette. C'est
une coutume qui, certes, n'est pas de bon
ton, mais qu'on tolère à Paris, parce qu'on
aurait trop à faire de la réprimer.

Les boulevarts, les rues, et surtout les
environs du Palais-Royal, sont encombrés
d'une foule de misérables de la plus mauvaise mine, et la plupart juifs de religion,
qui poursuivent les passans pour leur vendre, l'un un *excellent bambou* qui vient de
la forêt de Fontainebleau, l'autre une chaîne
de sûreté, pour garantir d'accident la montre
qu'il volera plus tard ; un troisième, une
bourse qu'il saura bien soulever quand il
retrouvera son acheteur dans la foule, etc.
Passez vite, et ne vous laissez point séduire,
si vous ne voulez pas, en termes de métier,
être enfoncé.

Vous voyez une femme mal vêtue, offrant
à un marchand d'habits un objet quelconque, une canne, par exemple, et semblant
disputer de prix avec lui. Le marchand dit
à haute voix, et de manière à être bien
entendu de vous : « J'en donne douze francs

» et pas un sou de plus. » A ces mots, la femme se récrie, quitte brusquement son acheteur supposé, et cheminant sur la même ligne que vous, se met à maudire ces gueux de marchands qui, parce qu'on n'a pas de pain à donner à ses enfans, n'ont pas honte d'offrir douze francs d'une canne qui en a coûté et en vaut encore soixante. « J'aime-
» rais mieux, ajoute-t-elle avec une indi-
» gnation savamment simulée, la céder pour
» six à un bourgeois, que pour le double à
» ces gredins de coureurs de rues. » Vous entendez ce monologue, car c'est à vous qu'il s'adresse, vous pouvez vous procurer pour six francs un objet qu'un marchand consent de payer douze. Vous l'avez vu, c'est une occasion. Si vous vous hâtez de la saisir, vous payez quatre ou cinq fois sa valeur un morceau de bois tourné, peint et verni.

# CHAPITRE XIII.

---

### DES MENDIANS. — ANECDOTE.

PENDANT qu'il était Préfet de police, le respectable M. Debelleyme avait réussi à purger la ville de cette nuée de mendians gourmands, ivrognes, paresseux et voleurs, qui l'infestaient auparavant; mais comme, depuis qu'au regret de tous les gens de bien, il a quitté une place qu'il avait su rendre honorable, nous sommes grandement menacés de voir renaître, plus hideuse encore que jamais cette lèpre des grandes villes qu'on appelle mendicité. Je crois bien faire de prémunir le provincial facile à s'appitoyer, contre les piéges qui lui seront tendus de toutes parts. Puissent cependant les craintes que je manifeste ne se point réaliser, et ce chapitre de mon livre ne servir jamais à rien.

Si les mendians n'ont point dans leur retraite imaginé de nouvelles ruses, voici ce qui arrivera.

Le provincial sera abordé par un grand homme d'une figure brunie, revêtu d'une redingote bleue boutonnée jusqu'au col, laissant entrevoir un ruban rouge qu'il semble vouloir cacher, et qui lui dira à l'oreille, comme honteux de son action : « Monsieur, je suis un ancien militaire, je meurs de faim. » Que faire? on ne peut pas offrir un sou à un membre de la Légion-d'Honneur, on donnera une pièce d'argent.

Il verra une jeune femme, la figure flétrie, les yeux baissés, assise sur un peu de paille ou sur le pavé, et paraissant apaiser deux enfans tout en larmes qu'elle a loués à leurs parens moyennant quinze sous par jour, qu'elle fait mourir de faim pour leur donner un air abattu, et qu'elle pince quand personne ne l'aperçoit, pour provoquer leurs pleurs et leurs cris.

Si le bon temps de la mendicité revient, comme cela pourra bien être, il faut espérer que nous reverrons sur le boulevart Poissonnière ce vieillard qu'une gouver-

nante, fort proprement vêtue, amenait tous
les matins à son poste, à qui elle apportait
à dîner, et qu'elle venait chercher le soir
avec un parapluie, quand il pleuvait, n'o-
sant le ramener en voiture.

A chaque coin de rue, nous verrons éta-
ler encore le dégoûtant spectacle des plus
hideuses infirmités humaines ; des jambes
en putréfaction, des figures rongées par des
chancres, etc. Nous verrons un misérable à
genoux sur un tas des plus sales ordures,
y chercher et dévorer avec une voracité
feinte, les débris de légumes que les cuisi-
nières y ont déposés, et pendant ce temps,
jeter à droite et à gauche des regards avides,
pour voir si on l'aperçoit et si on le remarque.

Au milieu d'un carrefour, nous rencon-
trerons un homme dans la force de l'âge,
étendu par terre, grinçant des dents, jetant
l'écume par la bouche, se tordant les membres, poussant des hurlemens et succombant
sous une attaque d'épilepsie, pendant laquelle il ne perd rien de ce qui se fait ou se
dit autour de lui

Dans un passage sera étendue une femme échevelée, paraissant exténuée par la misère et la faim. Une commère, qui sera près d'elle, la connaîtra, assurera aux spectateurs que c'est une mère de famille qu'un mari débauché a abandonnée avec cinq, six, huit enfans en bas âge, qu'elle a nourris jusqu'alors comme elle a pu. La commère ajoutera que la malheureuse est sortie dès le matin pour trouver de l'ouvrage, n'a pas réussi, et ne possède pas un morceau de pain. Viendront des gémissemens sur le sort des pauvres ouvriers, sur la rareté de l'ouvrage et la dureté des riches ; ensuite les regrets d'être pauvre soi-même, de ne pouvoir secourir une misère si grande et si peu méritée, l'assurance que jamais charité ne peut être mieux placée, etc., etc.

Avec ces choses-là, qui ne trompent même plus les enfans de Paris, mais dont sont dupes les provinciaux et les étrangers, nous en reverrons une multitude d'autres, dont nous étions effrayés ou dégoûtés chaque jour.

Que le voyageur qui n'aura consulté que

8

son cœur pour secourir des infortunes qui lui ont paru si dignes de pitié, suive chacun des objets de sa bienfaisance. Il verra l'officier prétendu aller manger au premier cabaret, avec des filles de mauvaise vie, peut-être avec la jeune femme dont les deux enfans l'ont attendri, la pièce d'argent qu'il lui a donnée. Qu'un inspecteur de police vienne à passer, il verra l'épileptique se relever brusquement et prendre la fuite au milieu de la foule étonnée. Qu'il fasse bien manger et boire l'homme qui se nourrit d'ordure et la femme qui meurt de faim, il les rencontrera une heure après, dans un autre quartier, l'un arrachant d'un trou d'évier quelques carottes souillées de fange, l'autre pâmée devant une porte, et à ses côtés sa fidèle compagne chargée d'appitoyer les passans.

Les ruses que ces misérables emploient et emploieront encore si on les laisse pulluler, étaient quelquefois féroces. Une femme tenait sur ses genoux un jeune enfant qui, la tête presque entièrement enveloppée de linges, poussait des cris douloureux ; un pas-

sant s'arrête, demande à la prétendue mère
de mettre à découvert la figure du petit malheureux, pour voir de quelle maladie il est
atteint; la femme s'y refuse, le passant insiste, quelques spectateurs que le débat
avait attirés s'en mêlent, et on démaillote de
force l'enfant; que trouve-t-on sous le linge?
une coque de noix qui fermait hermétique-
ment l'œil de la pauvre victime d'une spé-
culation atroce, et dedans une énorme arai-
gnée qui lui avait dévoré complétement un
des deux organes de la vue.

Il y a, certes, bien des pauvres à Paris, mais
ce ne sont pas ceux qui courent les rues et
qui assaillent les voyageurs à la descente de
la voiture. L'homme bienfaisant qui veut
les secourir, les trouvera dans des mansar-
des, dans des greniers, sans pain, sans vêtemens pendant les plus grands froids, et
se livrant nuit et jour à un travail dont les
produits sont insuffisans. Ce sont ceux-là qui
méritent d'être l'objet d'une bienfaisance
éclairée. Mais, dira-t-on, comment les découvrir? Qu'on les cherche: la satisfaction que
procure une bonne action mérite bien que

l'on prenne quelque peine pour la faire.

Si la lèpre de la mendicité nous est rendue avec la lèpre du jésuitisme, comme on nous en menace, que le provincial et l'étranger ne se fassent pas de scrupule de passer outre quand ils seront abordés par un de ces vagabonds effrontés, ou quand l'effrayant spectacle d'une maladie simulée sera étalé sous leurs yeux. En donnant des secours à ce qu'ils croiront la misère, ils alimenteront l'ivrognerie, la gourmandise, la paresse et la débauche.

Une observation que j'ai faite, et que je crois neuve, est celle-ci. Quand vous sortez d'une boutique où vous avez fait quelques achats, et que vous tenez encore la monnaie qu'on vous a rendue, vous êtes sûr de rencontrer à la porte un mendiant qui vous dit en pleurnichant qu'il meurt de faim. Le rusé drôle, qui sait que bien des personnes lui donneraient l'aumône, s'il ne fallait pas fouiller dans sa poche, en tirer sa bourse, l'ouvrir, y chercher une pièce de monnaie, ce qui force de s'arrêter, demande du temps et oblige à quelque peine, calcule que, puis-

que vous avez la main pleine d'argent, tout
cet embarras vous est épargné, et que,
n'ayant point à faire une recherche qui ré-
pugne à votre paresse, vous serez charitable
quand il ne s'agira que d'un simple mouvement du bras. Ensuite, il suppose que vous
ne serez pas assez dur pour refuser un pauvre
sou à un homme qui va tomber d'inanition
sous vos yeux, au moment que vous venez
de prodiguer peut-être de l'or pour des su-
perfluités.

8*

~~~~~~~~~~~~~~~~~~~~~~~~~~~~~~~~~~~~~~~~~~~~~~~

# CHAPITRE XIV.

---

### LES ADRESSES. — ANECDOTE.

Ce qui embarrasse le plus les provinciaux est de trouver une personne dont ils n'ont pas l'adresse bien précise.

On se figure ordinairement en province, Paris comme un gouffre dans lequel on ne peut se démêler, et où il est impossible de déterrer une personne dont l'adresse est fausse, incomplète ou inconnue. Cette idée est une erreur.

Il est vrai que les personnes que l'on connaît le moins sont souvent celles avec lesquelles on habite une même maison, et que l'on rencontre journellement sur l'escalier, cela parce qu'on n'a aucune raison de se lier avec elles. A cette occasion, je rapporterai l'anecdote suivante.

Un riche habitant des colonies à l'heure de sa mort, avait chargé un de ses amis de réaliser toute sa fortune, de la porter en France à sa femme et à sa fille qui devaient être à Paris, mais dont il ignorait l'adresse, parce que une guerre maritime l'empêchait depuis long-temps de recevoir de leurs nouvelles et de leur faire passer des siennes. L'ami, après la mort du malade, en vendit tous les biens, et, chargé d'une somme considérable en or et lettres de change, profita de la courte paix qui suivit le traité d'Amiens, pour passer dans la métropole, et remplir la mission qui lui était confiée. Il se logea dans une maison écartée du faubourg Saint-Germain, et se mit à faire des recherches. Il courut au loin, visita tous les quartiers de Paris, rencontra bien des personnes du nom du défunt, mais ne découvrit ni la veuve ni sa fille. Sept ans se passèrent, et tout en faisant ses affaires, il cherchait et s'informait toujours. Un matin, en rentrant chez lui, il vit sous la porte de sa maison, un

cercueil exposé et couvert d'une draperie
indiquant qu'il contenait le corps d'une
femme. Il s'enquert au concierge, et on lui
dit que la défunte était une pauvre mère
bien malheureuse, qui ne savait si son mari
était mort ou vivant, et qui, depuis dix ans,
habitait une mansarde sous les toits, où
elle n'avait eu d'autres moyens d'existence
que ceux que lui procuraient son travail et
celui de sa fille. On ajouta qu'on la croyait
morte de douleur et de besoin, et l'on plai-
gnait bien sincèrement la jeune orpheline,
que l'on disait aussi sage que belle. L'étranger ému demande où logeait la jeune personne, et monte vers elle pour lui offrir des
consolations, et la décider à accepter quelques secours. Il la voit, l'interroge, la reconnaît. La malheureuse mère dont le ca-
davre était exposé sous la porte, la jeune
fille qu'il avait devant lui, étaient les deux
femmes dont il avait toute la fortune, qu'il
cherchait depuis sept ans, et depuis sept
ans il habitait la même maison qu'elles. Un
an plutôt, il eut peut-être conservé la mère
à la vie et au bonheur.

Pour qu'une pareille chose soit arrivée,
il fallait que les deux dames vécussent absolument séquestrées et n'eussent de relations avec personne dans leur quartier et
leur maison. De pareils isolemens sont rares : malgré la multitude d'habitans qui
fourmillent dans Paris, il n'est pas aussi difficile qu'on le croit d'y trouver une personne dont on ne connaît qu'à peu près, ou
pas du tout l'adresse.

Pour cela, quand on sait la rue, mais
qu'on ignore le numéro, il faut demander
chez les marchands qui, par le genre de
leur commerce, entretiennent des rapports
journaliers avec le ménage ou les domestiques. Ainsi les épiciers, les bouchers, les
boulangers, les fruitiers, les marchands de
vin, connaissent ordinairement par leur nom,
et dans un rayon très-étendu, les personnes
qui les avoisinent; il est rare que par leur
secours on ne parvienne pas à son but.

Quand on ne connaît que le quartier
qu'habite la personne que l'on cherche, il
faut se transporter au bureau de poste de
l'arrondissement, au moment où tous les

facteurs sont réunis. Il est impossible que l'un d'eux ne mette pas le demandeur sur la voie. Si on ne réussit pas par ce moyen, on peut se rendre au bureau du receveur des contributions ; là, tous les noms des contribuables sont religieusement inscrits ; et, à moins que la personne dont on demande l'adresse ne soit pas même portée à la cote personnelle, on la trouvera certainement ; il est vrai que l'on sera obligé de courir chez toutes celles qui portent le même nom, mais on arrivera. Si on ne trouve rien au bureau des contributions, on ira à la mairie de l'arrondissement.

Enfin, si on ne connaît ni la rue, ni le quartier habité par celui que l'on a intérêt de trouver, on ira dans les bureaux de la préfecture, et avec des protections, on recevra, si la personne porte un de ces noms qui appartiennent à tout le monde, comme Legrand, Dupré, Durand, Petit, etc., cinq à six cents adresses parmi lesquelles sera celle dont on a besoin.

Dans tous les cas, il est toujours bien de débuter par consulter l'Almanach du Commerce, l'Almanach des 25,000, des 50,000 adresses, de demander aux personnes qui exercent la même profession que celle que l'on cherche, parce qu'entre gens du même métier on a dés rapports, et qu'on se connaît, ne fût-ce que pour médire les uns des autres. Les marchands en gros connaîtront les détaillans, et réciproquement. Avec les moyens que j'indique, un peu d'intelligence et de temps, il est certain que l'on découvrira l'homme même qui a le plus d'intérêt à se cacher. S'il est logé en hôtel garni, rien de plus facile, il n'y a qu'à s'adresser à la police.

~~~~~~~~~~~~~~~~~~~~~~~~~~~~~~~~~~~~~~~~~~~~~~~~~~~~~~~~

# CHAPITRE XV.

---

### DES AUDIENCES.

QUAND on a sollicité et obtenu une audience, l'heure à laquelle on doit se trouver au rendez-vous est ordinairement fixée.
Cependant, malgré la sévérité et la ponc-
tualité ministérielle, il y a toujours à faire,
avant d'être admis, la demi-heure d'anti-
chambre. Un provincial qui vient solliciter,
doit s'y soumettre de bonne grâce, elle est
d'étiquette, et c'est une première leçon de
la patience dont il a besoin de s'armer.

S'il voit à la porte du cabinet de monseigneur un grand homme rasé de près, vêtu
de noir des pieds à la tête, portant au cou
une chaîne d'acier à laquelle pend une mé-
daille, il n'est point tenu de se courber devant lui et de lui porter respect, cet homme
est tout uniment un huissier, ou garçon de

bureau, chargé d'introduire les solliciteurs;
et, avant l'ouverture du cabinet, de secouer
les tapis et de mettre de l'eau dans les ca-
rafes.

Quand on est admis à contempler son excellence en face, il ne faut pas perdre la
tête et balbutier; on doit expliquer son affaire nettement et brièvement surtout. Des
solliciteurs se morfondent dans l'anti-chambre; monseigneur, comme le soleil, luit
pour tout le monde, mais ne luit qu'une
heure ou deux; vous ne devez pas voler à
de pauvres diables les rayons qu'ils ont im-
plorés et qu'ils attendent.

Quand monseigneur juge qu'il en sait suf-
fisamment sur votre affaire, et qu'il est
temps de donner fin à l'audience, il fait un
pas sur vous, vous reculez d'un pas; il
avance encore, vous reculez toujours, la
porte s'ouvre comme par enchantement
sur vos talons, et vous voilà dehors.

Grande joie, grand triomphe! vous avez
vu un ministre, vous lui avez parlé comme
à un homme; il vous a écouté, entendu,
votre affaire est en bon train... Un moment,

9

le ministre vous a entendu... peut-être bien, surtout si vous avez le timbre de la voix sonore, mais écouté, il y a dix contre un à parier que non; il avait bien autre chose à faire. Lisez le bulletin secret de la cour, et vous verrez que sa majesté a souri hier à un membre de la gauche; l'on en conclut que l'administration pourrait bien changer de couleur demain, et son excellence d'aujourd'hui n'être plus excellence le jour d'après. Le moyen, quand il s'agit d'un portefeuille, d'écouter un solliciteur de province.

Au surplus, quand même vous auriez été écouté, entendu, et qu'on vous aurait répondu, ce n'aurait été que pour vous dire que votre affaire est dans les bureaux. Allez donc voir à quel point elle est parvenue, et continuer le cours de patience administrative, dont vous avez pris une première leçon dans l'anti-chambre ministérielle.

# CHAPITRE XVI.

## DES BUREAUX.

Avant de se risquer dans le labyrinthe des bureaux d'un ministère, il faut être bien résigné à trotter d'un employé à un autre, du premier au quatrième étage, à enfiler tous les corridors, à monter et descendre vingt fois les escaliers, jusqu'à ce que quatre heures sonnant, toutes les mains soient suspendues, et qu'il n'y ait plus personne dans un bâtiment peuplé de sept à huit cents scribes dont aucun n'est encore sorti.

Comme la résignation la plus courageuse ne sert à rien et n'avance pas les affaires, il faut tâcher de n'en pas avoir besoin : pour cela, il est bien de se faire accompagner par un homme qui connaisse le pays, qui devine à quelle division, à quel bureau votre demande a été ou a dû être renvoyée, et qui vous y conduise de suite. Vous aurez des honoraires à lui payer ; mais le temps qu'il vous épargne, les ennuis qu'il vous sauve méritent bien la faible rétribution que vous lui offrirez.

Si vous ne voulez mettre personne dans la confidence de votre demande ou de vos démarches, il faut tâcher d'obtenir une lettre de recommandation pour un chef de bureau ou pour un simple employé ; on vous indiquera avec complaisance à qui vous devez vous adresser, et vous arriverez au but.

N'avez-vous personne pour vous recommander, et tous les chefs et employés sont-ils muets pour vous, il reste encore le plus modeste, le plus actif de tous les échelons de la hiérarchie administrative, l'homme en habit bleu de roi galonné d'argent sur les coutures, que vous voyez assis à cette table vermoulue, et si prompt à se lever et courir au coup de sonnette. C'est le garçon de bureau : priez-le d'être votre guide ; une petite pièce d'argent glissée mystérieusement dans sa main, **vous conciliera sa bienveillance.** S'il consent à vous servir de protecteur, vous êtes sauvé, il vous initiera à tous les secrets bureaucratiques, vous mènera par la main où vous avez à faire. Vous y gagnerez du temps, et saurez sur-le-champ ce que vous devez espérer ou craindre.

Parvenu devant ceux à qui vous avez à parler, ne vous offensez point de leur morgue, qui est toujours en raison inverse de leur importance, vous êtes solliciteu 1, vous devez savoir étouffer les rébellions de l'amour-propre et dévorer les affronts.

9*

~~~~~~~~~~~~~~~~~~~~~~~~~~~~~~~~~~~~~~~~~~~~~~~~~~~~~~~~~

# CHAPITRE XVII.

---

### DES RECOMMANDATIONS.

Le désir d'obtenir des places amène annuellement à Paris cinquante à soixante mille provinciaux. Tous arrivent remplis des plus flatteuses espérances, et porteurs des recommandations les plus pressantes. En voici un à qui le curé de sa paroisse a donné une lettre pour un directeur de séminaire dont le crédit est tout puissant. Le maire de sa commune l'adresse à un chef de division, les députés de son département ont apostillé sa demande, et son préfet veut bien, en sa faveur, importuner deux ou trois excellences. Le moyen qu'il n'obtienne pas un service prompt et rapide ! Un préfet ! savez-vous ce que c'est en Lorraine,

en Franche-Comté et dans le pays des Bas-
ques ?.. C'est un homme que tout le monde
salue, et qui ne salue pas tout le monde, un
homme devant qui chacun se tient dans un
tremblement respectueux ; un homme enfin
qui fait la pluie et le beau temps sur cent
cinquante lieues carrées de pays. Certainement le gouvernement, le roi lui-même ne
refuseront rien à un personnage aussi émi-
nent, ils sont trop bien élevés pour cela.

Notre solliciteur donc, plein d'espérance
comme je l'ai dit, dès le lendemain de son
arrivée chausse le bas de soie et l'escarpin,
endosse l'habit noir, monte dans un cabriolet de remise, et va porter ses lettres. On
l'annonce ; il se présente avec une assurance
modeste, et attend silencieusement qu'on
lui adresse la parole, et qu'on lui dise telle
place est vacante, la voulez-vous? mais
voici bien autre chose. Le directeur du séminaire, par lequel il a débuté, ne se souvient plus du curé. Monseigneur a tant placé
de séminaristes, les a tellement dispersés,
qu'on en a oublié jusqu'au nombre. Il faut
donc que mon provincial, qui croyait que la

signature de son protecteur allait tout ap-
planir devant lui, en décline le nom, le
prénom, l'âge, en dise la couleur, la corpu-
lence et la tenue. Après une heure d'explications, il finit par éveiller dans celui qui
l'écoute un souvenir confus ; par complaisance on lui dit : Ah ! oui, oui, je me rappelle... Il en vient avec un peu moins d'assurance à l'objet de sa démarche : on lui
répond d'une manière équivoque... Les emplois sont rares et vivement disputés ; cependant on verra, on tâchera... on espère
qu'avec le temps... Là-dessus on lui tourne
le dos, et il sort la figure un peu plus allon-
gée qu'auparavant.

Du directeur du séminaire, le solliciteur se rend chez le chef de division auquel
son maire l'a recommandé. La scène ici est
encore à peu près la même. Il y a bien autant de maires que de curés, et tous aboutissent au même point central. Trente-six mille
maires peuvent bien connaître un chef de
division, mais il est fort difficile qu'un chef
de division connaisse trente-six mille maires
Il faut donc que le solliciteur recommence

ce qu'il vient de faire , qu'il décline le nom
et le prénom de son protecteur civil ; il faut
souvent même qu'il donne la position géo-
graphique de sa commune, et dise à quel
arrondissement et à quel département elle
appartient ; car sa commune, si belle à ses
yeux, pour lui pleine de souvenirs, on ne
s'en occupe guère à Paris que deux fois par
an , pour lui demander des hommes et de
l'argent. Après une autre heure d'explications , il obtient encore ces mots : Oui, je
crois me souvenir... Puis, quand il en vient
au fait, on lui jette au nez de belles paroles,
et dont toujours les dernières sont le conseil
de prendre patience.

Cependant il ne s'afflige point encore.
Les quatre députés de son département
ont vivement appuyé sa demande ; mais par
malheur, ces quatre députés, plus occupés
des intérêts de la nation que de ceux d'un
simple particulier, siégent au côté gauche.
A la dernière session ils ont parlé d'économie, de responsabilité ministérielle, ont
voté avec l'opposition, et leur recommanda-

tion est plus nuisible qu'utile à ceux qu'ili
protégent.

Enfin il lui reste l'appui de son préfet
qu'il a gardé comme le dernier et le plus
puissant moyen de succès. Un préfet est
ministériel par création ; c'est lui qui met
exécution les ordres du gouvernement : il a
long-temps formé les listes électorales et
nommé les jurés. C'est lui, lorsqu'il arrive
dans sa capitale un auguste personnage, qui
applique aux frais d'une fête somptueuse les
fonds que le conseil général de son département avait votés pour la réparation des che-
mins vicinaux. Un tel homme doit avoir
crédit en cour. D'ailleurs, nous ne comptons
en France que quatre-vingt-six préfets, et
monseigneur n'aura point à faire un grand
effort de mémoire pour se rappeler celui
de tel département.

Consolé de ses défaites précédentes, et
rempli encore des plus riantes idées, le provincial se présente à l'audience ; mais quand
il voit ces personnages qui ont quinze pieds
de haut dans la capitale de leur empire, ré-

nits dans les anti-chambres ministérielles,
la taille de cinq pieds deux à trois pouces,
garder avec anxiété la porte d'un cabinet
qui ne s'ouvre point encore pour eux ; quand
voit des procureurs du roi, des lieute-
ans-généraux, des hommes bardés de ru-
ans de toutes couleurs, caresser de l'œil
huissier qui doit les introduire, et solliciter
lencieusement de lui la faveur de passer
vant un autre, il commence à comprendre
que son protecteur pourrait bien ne pas avoir
ntant de crédit qu'il le pensait d'abord, et
ans le fait, il ne tarde pas à en faire la triste
xpérience.

~~~~~~~~~~~~~~~~~~~~~~~~~~~~~~~~~~~~~~~~~~~~~~~~~~~~~~~~~~~~~~~~~~

# CHAPITRE XVIII.

---

## DES BUREAUX DE PLACEMENT.

APRÈS six longs mois de sollicitations et
de démarches, fatigué de promesses et de
remises, et sur le point d'attaquer son dernier écu, le pétitionnaire, qui ne brûle plus
le pavé en cabriolet, et qui, au contraire,
s'en va nonchalamment les mains derrière
le dos, le pétitionnaire, dis-je, jette enfin
les yeux sur cette multitude d'affiches qui
couvrent les murs de la capitale. Il s'étonne
d'apprendre pour la première fois qu'il
existe à Paris une nuée de personnes obli-
geantes remplies de tendresse pour les dé-
sœuvrés, et qui ont toujours à leur disposition des places de toute espèce, qu'elles offrent à tout venant, avec une bienveillance
vraiment paternelle. Notre provincial aurait bien voulu être attaché à une adminis-

tration, appartenir aux douanes, à l'enre-
gistrement, aux domaines, aux postes,
mais il commence à craindre que cela ne
soit difficile. Il y a six mois qu'il attend, et
l'espoir qui l'a bercé jusqu'à ce jour, commence à se refroidir. Il faut en terminer;
il se résignera à accepter la place de secrétaire d'un homme puissant, ou celle de régisseur d'un vaste domaine. C'est un peu
moins qu'il n'avait espéré d'abord, mais il
n'aura pas perdu son temps à Paris, et ne
retournera pas, avec sa courte honte, dans
son pays, dont il est parti avec tant de projets et d'espérances.

Il se résigne donc à s'adresser à un bureau de placement. Il voit, tout en entrant,
courbés sur des tables chargées de papiers,
plusieurs jeunes gens qui ont l'air fort af-
fairés et qui semblent occupés à quelque
chose. Dans un cabinet particulier, et au
milieu d'un monceau de livres et de dossiers,
se tient M. le directeur, près duquel on l'introduit, après la demi-heure ordinaire d'anti-
chambre.

M. le directeur est un homme bien élevé,

10

d'une politesse réservée, mais affectueuse, et quelquefois décoré d'un ordre ou deux. Il a un fond de tendresse inépuisable pour les solliciteurs; il les place par milliers. Malheureusement il n'a en ce moment aucun emploi disponible; mais il peut s'en présenter un dans la semaine, le lendemain, le jour même. Il ne doute pas que le postulant qui s'offre à lui, et dont il ne connaît ni la capacité ni les moyens, ne le remplisse d'une manière fort distinguée; mais, pour ne pas courir le risque d'être oublié, il est bien qu'il prenne une inscription sur un registre ouvert aux demandes d'emploi, qu'il paie pour cette inscription un léger droit, et convienne des honoraires qu'il offrira à son protecteur, lorsqu'il sera placé comme il l'entend.

Tout cela se fait avec un naturel et un air de vérité qui raniment les espérances les plus prêtes à s'évanouïr. On ne doute pas qu'un homme qui fait métier de fournir des emplois, qui a intérêt à placer le plus grand nombre possible de personnes, puisqu'il reçoit une gratification de chacune d'elles, ne s'occupe chaudement de ses protégés. D'ailleurs on lui a entendu parler de ses relations avec la haute société : on lui a entendu nommer M. le duc, M. le prince, son excellence le ministre…, etc., et l'on finit par concevoir de lui une opinion bien supérieure à celle qu'on avait du préfet, sur lequel on se reposait avec tant de sécurité.

On se rembarque donc sur une mer nouvelle ; on ne craint point de prolonger son séjour à Paris, d'y faire même des dettes : on est si sûr d'avoir bientôt une place lucrative !

Cependant le temps s'écoule, la place n'arrive pas ; le protecteur est toujours fort poli, mais il ne fait qu'engager, comme tous les autres, son protégé à prendre patience, à renouveler son inscription, et à compter sur sa bonne fortune.

Que toutes les personnes que le désir de solliciter amène à Paris, depuis l'honnête bourgeois qui postule une place de factotum, jusqu'à la jeune et naïve fille de village qui demande à être nourrice sur lieu ; que les pétitionnaires de tout âge, de tout sexe, qui trottent vers la capitale en diligence, en carriole, à pied ou par le coche, se souviennent bien que tous ces bureaux de placement sont autant de piéges tendus à leur crédulité et à leur bourse, que le résultat de toutes leurs démarches sera presque infailliblement de les dépouiller du peu de ressources qu'ils ont conservées, et de les laisser sur le pavé d'une ville inconnue pour eux, sans asile et sans moyen d'existence.

Paris est certainement, comme on le dit en province, *une ville de ressource* : il y existe sans doute des hommes qui, moyennant de modiques honoraires, s'occupent de bonne foi et loyalement des provinciaux et des étrangers qui s'adressent à eux, et qui leur sont quelquefois utiles : mais où les trouver? comment les distinguer des autres?

La plupart de ces bureaux de placement, qu'un nouveau débarqué regarde comme une institution si belle, sont tenus par des aventuriers, des escrocs ou des hommes attachés à la police. Par leurs moyens, et à l'aide des annonces menteuses qu'ils font insérer dans les journaux, et qui leur attirent des visites, la police est instruite qu'il est arrivé à Paris de pauvres diables à qui elle ne suppose que des moyens insuffisans d'existence, et aux trousses desquels il est bien de lâcher quelques observateurs. Cet homme si poli, si mielleux, qui paraît prendre à vous un intérêt si tendre, est souvent sous le poids de deux ou trois jugemens criminels. Il ne conserve sa liberté, et n'exerce son industrie qu'à la condition de faire à l'autorité compétente le rapport journalier de tout ce qui se passe dans son bureau. Le nom et l'adresse d'un solliciteur ne sont pas plutôt inscrits sur son registre de demandes, qu'ils sont tracés en caractères nébuleux sur le livre noir du quai des Orfèvres. On lui permet de lever une légère imposition sur les dupes, parce qu'on croit qu'il faut qu'il vive, que d'ailleurs il deviendrait suspect s'il montrait trop de désintéressement, et offrait gratuitement au premier venu sa protection et ses services.

Un peu de réflexion préserverait les provinciaux d'un piége aussi grossier que celui qui leur est tendu par les bureaux de place-

10*

ment. Dans les départemens, on se figure qu'à Paris, on ne se connaît pas, on ne se fréquente pas, on ne forme pas de liaison : c'est une erreur. Il n'y a pas de ville où l'on voie autant de monde, où l'on vive autant hors de chez soi, parce que nulle part on n'a autant besoin des autres. Or, qu'un chef de maison manque de secrétaire, de commis, de domestiques, et qu'il dise un mot; dès le lendemain, ses connaissances lui adresseront vingt sujets munis des meilleures attestations et des recommandations les plus pressantes ; il n'aura que l'embarras du choix et de l'essai. Comment s'imaginer qu'un homme un peu répandu ira s'adresser à un bureau de placement, qui lui enverra le premier individu qui lui tombera sous la main, qu'il ne connaîtra pas, souvent un homme flétri, et qui, attaché secrètement à la police, ira deux ou trois fois par semaine rendre compte à ses chefs de ce qui se passe chez son maître.

Le faste des annonces doit d'ailleurs les rendre suspectes. Ici on demande pour la régie d'un domaine important un homme habile dans les sciences agronomiques, ou du moins capable de surveiller de vastes exploitations, il aura un beau logement, un joli jardin, de bons appointemens, un cheval à sa disposition, et presque rien à faire. Les niais accourent... il faut déposer un cautionnement de dix mille francs pour sûreté des sommes dont on fera recette. Là, un homme de lettres demande un secrétaire qui ait une belle main, pour copier ses œuvres, il n'aura que quatre heures d'occupations par jour; il pourra travailler chez lui, et à son aise, et recevra 1,500 francs, 1,800 francs, 2,000 francs d'appointemens. Oui, mais il faut verser un cautionnement de trois mille francs, pour sûreté des manuscrits dont on sera dépositaire. C'est partout beaucoup d'argent à déposer, pour en recevoir fort peu et quelquefois point du tout.

Si vous demandez des garanties, on vous en offre tant que vous voulez; mais la propriété dont vous êtes régisseur, et sur laquelle vous avez hypothèque, est grevée au-delà de la valeur, ou contestée à celui sous le

nom duquel elle se trouve. L'argent que
vous avez versé est destiné à soutenir un
procès désespéré et qu'on perdra. Les manuscrits précieux que vous avez en dépôt
ne sont bons qu'à être vendus à l'épicier et à
la fruitière, pour habiller la cannelle et le
beurre, enfin, les belles et solides garanties
qu'on vous a données s'évanouissent comme
la fumée au premier coup de vent.

~~~~~~~~~~~~~~~~~~~~~~~~~~~~~~~~~~~~~~~~~~~~~~~~~~

# CHAPITRE XIX.

CONTINUATION DU MÊME SUJET. — ANECDOTE.

Je reviens encore et j'insiste sur le sujet
du chapitre précédent, parce que ces bureaux de placement sont les piéges dans lesquels donnent le plus facilement les provinciaux et les étrangers, et sont ceux contre
lesquels il est le plus nécessaire de se prémunir. Combien d'entre eux qui sont restés sans
ressources à Paris, s'en seraient retournés
vivre en paix comme auparavant dans leur
pays, si on ne les avait pas bercés de fausses espérances.

Je n'ai pas dit toutes les ruses qu'on y
emploie pour endormir les dupes. Voici une
anecdote, dont on m'a garanti la vérité, qui
en dévoilera au moins une fort criminelle.

Un officier en retraite, homme d'honneur et de probité, désirant être utile à la foule des solliciteurs qui assiégent tous les jours les barrières de Paris, et en même temps se créer une profession qui ajoutât quelques produits à sa modique pension, s'avisa d'ouvrir un bureau de placement, bien résolu de se conduire comme il l'avait toujours fait, avec loyauté, et de ne tendre de piéges à personne. Il employa pour se faire connaître, les moyens de publicité que les journaux et surtout les petites affiches mettaient à sa disposition, et bientôt quelques demandeurs d'emploi vinrent se recommander à lui et lui donner leurs noms.

Un jour qu'il attendait pratique assis devant un modeste bureau, un homme de belle taille, d'un extérieur distingué et d'une mise brillante, descendant d'un cabriolet de maître, se présente à lui avec aisance, et demande s'il peut parler librement, et, après en avoir obtenu l'assurance, s'exprime en ces termes.

« Tel que vous me voyez, monsieur, je tiens un grand état de maison, et n'ai pas un sou de revenu. Par les soins de messieurs

les directeurs des divers bureaux de placement de Paris, et moyennant une légère
contribution qu'ils se sont volontairement
imposée, j'occupe un vaste appartement,
j'ai un riche mobilier, je n'ai encore qu'un
cabriolet, mais plus tard j'aurai équipage.
Dans ma position, j'ai toujours besoin de
secrétaires, de cochers, de valets de chambre, de femmes de charge, etc. Les bureaux de placement m'envoient tous les sujets qui s'adressent à eux. Je prends ces sujets à l'essai, et quand j'ai connu leur savoir
faire, ce qu'ils ignorent est précisément ce
que j'exige d'eux. Si un secrétaire sait l'anglais, l'anglais m'est inutile, et c'est l'allemand dont j'ai besoin qu'il ait connaissance. Je veux qu'un cocher puisse parler
espagnol à mes chevaux qui sont de magni-
fiques andalous, et qui n'entendent que
cette langue ; je désire que mon valet de
chambre sache faire la cuisine, et ma femme
de charge peindre au pastel. De cette manière, je ne trouve jamais ce qu'il me faut,
et je renvoie mes gens au bout de huit jours,
en leur faisant payer leur nourriture et leur
logement. Il résulte de là que ma maison

n'est jamais montée, et que les sujets que j'ai congédiés, en leur témoignant combien je regrette de ne pouvoir les garder, persuadés qu'ils ont été réellement placés, et qu'ils n'ont perdu que par leur faute un excellent emploi, sont certains que les bureaux possèdent de belles connaissances, ont à leur disposition des places avantageuses, et viennent avec empressement renouveler leurs inscriptions et amener leurs camarades. De cette manière, les bureaux se font une réputation, gagnent de l'argent, et moi je mène une vie agréable. Je viens vous proposer, monsieur, dans votre intérêt plus que dans le mien, de faire partie de l'association, moyennant une cotisation que je ne fixerai pas fort haut, parce que vous débutez dans la profession; je me charge de vous mettre en crédit, et de vous former un des meilleurs bureaux de Paris.

L'officier, qui ne vit dans la manière d'opérer qu'on lui indiquait là, qu'une escroquerie, renvoya lestement l'auteur de si belles propositions; il continua à travailler honnêtement, et on ne m'a pas dit qu'il ait fait fortune.

# CHAPITRE XX.

DES AGENCES MATRIMONIALES. — ANECDOTES.

Un provincial qui a mangé jusqu'à son dernier écu en courant après une place qui fuit devant lui comme Ithaque devant le fils d'Ulysse ; un étranger qui est venu chercher fortune à Paris, et à qui il ne reste ni argent pour y vivre, ni argent pour en sortir, est capable de se porter à toutes les extrémités, même à celle de se marier.

Mais quand il n'a pu, avec des recommandations qui lui paraissaient si belles, des protecteurs qui lui semblaient si puissans, se procurer le plus chétif emploi, parviendra-t-il à trouver une femme qui, à quelques agrémens, réunisse un heureux caractère, et surtout une fortune qui le sorte de la pénurie où son imprudence l'a plongé.

Tranquillisez - vous, bons provinciaux

11

dont la bourse est légère, Paris est peuplé
de ces honnêtes appareilleurs, qui, comme
la Frosine de Molière, marieraient le grand
Turc avec la mer de Venise, vous aurez bien
du malheur, si, dans leurs cartons, il ne se
trouve pas quelque dame veuve, ou quelque demoiselle sans enfant dont vous
puissiez vous accommoder.

Si les places sont rares à Paris, les femmes et filles à marier ne le sont pas. Entrez
dans la première agence matrimoniale, on
vous en offrira de tout âge, de toute figure
et de tout poil. Voulez-vous une femme
bien apparentée? La voilà escortée de son
père, de sa mère, de ses frères et sœurs et
de deux ou trois générations de cousins, de
tous côtés des héritages à faire, et, en temps
de peste, elle peut devenir un des plus brillans partis de France. N'aimez-vous pas les
familles nombreuses, voilà une collection
d'opulentes orphelines, qui ne demandent
pas de fortune à un époux, mais des égards,
des petits soins, de l'amour surtout, de l'a-
mour, car elles sont si sensibles! Voyez, dé-
cidez-vous et prononcez.

Ne pensez pas cependant qu'il n'y ait qu'à se baisser et à prendre. Il faut d'abord déclarer qui vous êtes. Là-dessus, vous vous arrangerez comme vous voudrez, on ne vous cherchera pas chicane, les interrogatoires ne sont que de forme. Si vous dites que vous descendez de Charlemagne, et que vous êtes plus noble que le roi, on vous croira sur parole ; et, parmi les avantages que vous mettez en communauté, on vous tiendra compte de vos prétentions et de vos droits à la couronne de France, comme issu de la seconde race de nos souverains.

Si vous êtes forcé d'avouer que vous êtes sans fortune, sauvez-vous par les talens et les vertus. Vantez-vous hardiment, vous avez affaire à des gens qui ne disputeront sur rien, car ils sont intéressés à vous croire, et qui plus est, à vous marier.

Quand vous avez fait votre éloge, il vous faut entendre celui de la femme qu'on vous destine. Elle a mille vertus et mille talens : elle est jeune, belle et riche. Si, avec tant d'avantages, elle n'est point encore mariée, c'est qu'elle vit dans la retraite avec

des parens, qui ne reçoivent et ne visi-
tent personne. Cependant il y a un prétendant sur les rangs; mais vous le sup-
planterez sans doute, parce qu'il ne convient que sous certains rapports, et nulle-
ment sous d'autres. Au surplus, c'est à vous
de chercher à plaire, vous avez tout ce
qu'il faut pour y parvenir.

Viennent ensuite les conditions, non pas
du contrat, mais de la négociation. Vous con-
venez de payer à l'entremetteur des honoraires proportionnés à la dot que vous recevrez, et vous en signez l'engagement.

Vous désirez enfin être présenté à votre
future. Un moment, cela ne va pas aussi
vite que vous le voudriez. La future n'habite pas Paris ; elle est fixée à la campagne,
au moins pour le moment, et on ne peut
pas vous mener chez elle de but en blanc,
et sans un prétexte quelconque ; il faut l'at-
tirer à Paris d'une manière ou d'une autre,
cela demande de la discrétion, de l'adresse,
mais l'entremetteur se charge de tout. Cependant, comme les démarches à faire exi-
gent des frais, le prétendant doit les consi-

gner d'avance ; ils sont évalués ordinairement à cinquante francs, qui, à tout événement, sont perdus pour celui qui les dépose.

Si, désespérant de jamais l'établir, et pour ne rien avoir à se reprocher, une famille s'est décidée à charger un agent matrimonial du soin de marier une fille, on la jette à la tête du prétendant. La première entrevue a lieu à la campagne ou au spectacle dans une loge. Là, on s'examine de part et d'autre. La future, qui est censée ne rien savoir, et qui dans le fait n'ignore rien, après deux coups d'œil, sait à quoi s'en tenir sur le parti qu'on lui propose. Le lendemain, si elle a plu, le prétendant court demander à l'agent quel effet il a produit. Quand il a été vu avec plaisir, il l'apprend ; mais quand ses efforts pour paraître aimable ont été impuissans, et qu'il n'a pas su plaire, on ne lui raconte pas cela cruement, on lui annonce qu'on l'a trouvé charmant, qu'on regrette bien de ne l'avoir pas connu plus tôt, mais qu'on est si avancé avec un autre aspirant, qu'on ne peut plus rompre. Tout cela est accompagné de la part de l'a-

11*

gent, de cajoleries qui ont pour but de décider le client à visiter quelqu'autre pièce
de son sac, au prix de cinquante fr. comme
la première fois.

Quand l'agent matrimonial n'a point
sous la main de fille ou de veuve à marier,
il met en avant une grivoise, qu'il tient en
réserve pour cet usage. La grivoise, également dressée à tous les rôles, est tantôt une
jeune orpheline bien innocente et bien naïve,
tantôt une fille modeste, soumise et labo-
rieuse ; tantôt enfin, une jeune veuve pétil-
lante d'esprit, et même un peu coquette.
Elle reçoit le prétendant comme le ferait le
personnage dont elle remplit le rôle, en lui
riant au nez d'un air niais, en le saluant avec
une froide politesse, ou en lui lançant un
coup d'œil agaçant.

Selon qu'il en est besoin, on la fait vivre
seule, ou on lui donne une famille. Le prétendant a toujours à ses yeux mille vertus
et mille qualités; il est bel homme, il est
spirituel, galant, il rendra sans doute sa
femme heureuse. Après un aussi bel éloge,
survient le redoutable *mais*... qui gâte tout,

Et ce pauvre prétendant qui s'est épris peut-être, en est pour son amour et ses 5o francs.

Il faut arriver de son département, et n'avoir jamais vu Paris que dans une chambre d'optique, pour croire que des parens qui se respectent, iront confier à des agens d'affaires le soin de marier leur fille, et mettront sa fortune et son bonheur à la merci de gens qui n'y prennent aucun intérêt. Quelque retirée que vive une famille, quand elle jouit d'une fortune et destine une dot à sa fille, elle voit toujours assez de monde pour qu'elle puisse trouver un gendre d'une manière plus digne d'elle. Il n'y a que des malheureuses, disgraciées de la nature, et abandonnées de Dieu et du sexe masculin, qui puissent avoir assez peu de pudeur pour consentir à devenir une marchandise entre les mains de gens qui ne peuvent avoir pour elle ni considération ni estime, quelque familiarisés qu'ils soient avec la dégradation humaine.

Voici un exemple qui donnera la mesure des femmes qui consentent à se servir des agens pour trouver un mari.

Deux sœurs orphelines vivaient ensembles
et ne fréquentaient guère que leur tante :
femme qui, dans sa jeunesse, avait joui, par
ses galanteries, d'une assez grande célébrité,
et qui alors, mise à la retraite, ne plaidait
plus au tribunal de l'amour, mais donnait encore des consultations. L'une des deux sœurs,
la plus jeune, travaillée par l'envie de se
marier, s'était mise entre les mains d'un
agent d'affaires. Cet entremetteur la pro-
posa à un jeune homme qui se livrait au
commerce, et qui, par curiosité plus que
par tout autre motif, voulut voir quelle espèce de femme confiait si légèrement le soin
de son bonheur à un homme si peu fait pour
s'en occuper. Admis, sous un prétexte, chez
la tante, où il trouva les deux sœurs, il exa-
mina plus particulièrement celle pour laquelle il était censé faire une démarche. Il
vit une fille d'une assez bonne tenue, assez
bien faite, d'une figure assez régulière, mais
pâle, ou plutôt verdâtre, les yeux éteints et
cernés, les lèvres livides, et semblant tomber d'épuisement et de fatigue. Il fit la conversation avec elle, et lui trouva quelque

esprit et quelque éducation. Après une heure ainsi passée, le visiteur et l'agent qui l'avait amené sortirent, en s'entretenant de ce qu'ils venaient de voir.

Le lendemain dans la soirée, le jeune homme, qui n'avait jamais eu l'intention de faire un seul pas en avant, fut cependant désireux de savoir quel jugement on avait porté sur son compte. Il apprit de l'entremetteur que son esprit avait plu, que ses manières et son ton avaient été distingués, mais qu'on trouvait sa constitution trop frêle ; qu'il n'avait point la barbe assez noire, les épaules assez carrées, etc. : motifs qui, ainsi qu'on le voit, indiquaient chez la jeune personne des connaissances distinguées dans les facultés physiques d'un homme, et dans les signes caractéristiques qui les décèlent. Le jeune homme, indigné d'un tel oubli de toute délicatesse et de toute pudeur, fut tenté de donner à la demoiselle une leçon assez sévère, pour qu'une autre fois elle motivât ses refus sur des raisons plus décentes ; mais l'idée lui en passa.

Si un pauvre diable qui s'est enferré mal-

adroitement, qui croit de son honneur d'aller jusqu'au bout et d'épouser, vaille que
vaille, obtenait au moins les avantages qu'on
lui a promis, il pourrait se consoler un peu;
mais point. Cette riche héritière ne l'est pas
encore : elle n'a pas un sou. Mais quand
une demi-douzaine de parens pleins de force
et de santé auront passé de vie à trépas, elle
recueillera leurs dépouilles, et possédera en
effet une grande fortune. Il ne s'agit que
d'attendre patiemment vingt à trente ans·
Ces cent mille francs qui devaient être comptés le jour du contrat sont transformés en
une chétive pension hypothéquée sur les appointemens du papa, qui occupe une place :
enfin, tout ce dont on avait leurré un
épouseur, qui a plus besoin d'une dot que
d'une femme, tout disparaît d'un seul coup.

Indépendamment de ce désappointement,
il en est d'autres encore à craindre, en passant par la main des agens d'affaires.

Un jeune homme s'était marié par l'entre-
mise de l'un d'eux : l'adjoint du maire avait
prononcé au nom de la loi que les époux
étaient unis par mariage, le curé de la paroisse

avait béni leurs nœuds : tout était consommé.
Le soir, après le banquet nuptial, et pendant
le bal qui l'avait suivi, un jeune convive
rencontre le marié dans un coin de la salle,
et, lui serrant la main avec expression, lui
dit : C'est bien, mon ami, ce que tu fais-là ;
c'est très-bien. — Quoi ? répond le marié ;
qu'est-ce donc que je fais bien ? — Eh, mais
ce que tu fais en ce moment, ou plutôt ce
que tu as fait ce matin, ton mariage. — Eh
bien, mon mariage ! — Je te dis que tu as
très-bien fait, que tu t'es conduit en honnête homme, et que tous tes invités t'ap-
plaudissent hautement. — Que diable veux-
tu dire ? Je ne te comprends pas : de quoi
m'applaudit-on ? — Parbleu ! tu le sais mieux
que moi, de réparer par une union légitime
les fautes de l'amour. — Les fautes de l'a-
mour ! — Eh, oui. Crois-tu que je sois le
seul qui ignore que ta femme est grosse de
sept mois ? — Grosse de sept mois ! répli-
que le mari en pâlissant. — Eh, sans doute :
tu le sais mieux que moi. A ces mots, l'in-
fortuné mari court, furieux, vers les parens
de sa femme, les accable de reproches et

d'injures , sort sans vouloir rien entendre ;
et depuis on ne l'a pas revu. L'agent qui avait
fait ce beau mariage , dès le lendemain en
ébaucha deux autres.

~~~~~~~~~~~~~~~~~~~~~~~~~~~~~~~~~~~~~~~

# CHAPITRE XXI.

---

## DES ACHATS.

En partant, vous avez promis à votre femme, à votre sœur ou à votre maîtresse, de lui rapporter quelque objet de mode, quelque curiosité de Paris : vous - même, vous êtes bien aise de conserver quelque chose qui vous rappelle un voyage que vous ne ferez peut-être plus, et que vous puissiez montrer avec orgueil à vos voisins, comme une production exotique.

Que voulez - vous acheter ? Je n'en sais rien, et ne m'en inquiète pas ; mais ce que je vous dirai, c'est que si vous courez au bon marché, vous en aurez pour votre argent, et emporterez chez vous de fort mau-

12

vaises marchandises. Examinons maintenant combien de marchands vous offrent leurs services.

Je vous ai déjà parlé de ces vendeurs de cannes et de chaînes de sûreté qui pullulent dans les rues, sur les boulevarts, et qui tiennent le plus habituellement leur bazar dans la Cour-des-Fontaines. Je vous donne de nouveau le conseil de passer outre sans les regarder, à moins que vous ne veuilliez vous arrêter un moment pour leur casser sur les épaules le bambou qu'ils vous présentent, correction qu'ils ont méritée souvent.

Des fripons d'une autre espèce sont des coureurs de rues, qui portent sur des bannettes ou traînent, sur de petites voitures, des toiles peintes, des fichus, des mouchoirs de poche, des bas de soie, de laine ou de coton, et font des haltes dans les carrefours pour crier leurs marchandises. Qu'un passant s'arrête, et semble tenté par quelque chose, de tous côtés il verra accourir des acheteurs qui, sans disputer sur le prix, paieront, enlèveront, l'un une demi-douzaine de mouchoirs, l'autre une douzaine de cravates, et

s'enfuiront avec leur acquisition , comme
s'ils craignaient que le marchand ne s'aperçoive qu'il se trompe , et ne se ravise. On a
déjà vu disparaître deux ou trois articles
que l'on convoitait ; on craint pour le seul
qui reste : on se dépêche de faire comme
tout le monde , de prendre , payer et s'en-
fuir. Quand on examine de près son acquisition , on y reconnaît des défauts que l'on
n'avait pas aperçus d'abord , et qui la dépré-
cient des trois quarts , ou bien on découvre
que le marchand , en roulant dans du papier
l'objet que l'on a tenu , manié et jugé convenable , l'a escamoté lestement , et y en a
substitué un autre qui n'a nulle valeur. On
veut aller réclamer : le marchand a disparu,
les prétendus acheteurs ont rapporté ce qu'ils
avaient enlevé avec tant de promptitude ,
ont repris leur argent , et à quelques rues
de là ont trompé , par une manœuvre semblable , un nouvel innocent.

Vous voyez, perché sur le comptoir d'une
boutique , un homme qui tient un coupon
de toile ou de drap que plusieurs personnes
paraissent examiner, et qu'il a l'air de mettre

aux enchères : vous pensez être à une vente
après faillite, après décès ; vous avez l'espérance d'obtenir quelque chose à bas prix,
parce que vous avez l'idée qu'à ces sortes
de ventes, les objets sont toujours adjugés
pour une somme moindre que leur valeur.
Vous enchérissez : si vous semblez échauffé,
les compères qui vous environnent enché-
rissent sur vous ; vous vous piquez peut-
être de l'emporter, et vous payez deux fois
sa valeur l'objet de votre convoitise. Si, au
contraire, vous n'atteignez pas au prix que
le marchand a fixé d'avance, la chose est
cédée à un acheteur prétendu qui en offre
plus que vous, remise, un instant après, en
place, et, dans la journée même, offerte de
nouveau aux amateurs.

Voyant, à la porte d'une maison, une
annonce de vente faite par une affiche atta-
chée sur un morceau de serge verte, et une
foule d'hommes et de femmes se pressant
autour d'un monsieur en habit noir, vous
entrez par curiosité, ou pour tout autre motif : vous assistez réellement à une vente publique : le monsieur en noir est un commis-

saire-priseur, et celui qui tient la plume est
son secrétaire. Cette fois vous ne vous trom-
pez pas ; mais voici ce qui arrive.

Votre figure étrangère est de suite remar-
quée par la foule qui vous environne, et
qui se compose de marchands ligués entre
eux pour obtenir à bas prix les dépouilles
du décédé. Essayez de lutter contre la coa-
lition, ils enchériront sur vous, et ne vous
laisseront ce que vous voulez acheter que
quand ils l'auront fait monter au double de
sa valeur. Retirez-vous à temps, et faites-
leur-en l'abandon, ils le paieront plus cher
qu'ils n'avaient résolu ; mais entre eux ils
se répartiront la différence, et elle sera presque inaperçue pour chacun.

On raconte qu'en Italie, il a long-temps
existé des fabriques de fausses médailles qui
ont mis en circulation une foule de types
qui font aujourd'hui le désespoir des numis-
mates. A Paris, il existe des ateliers où l'on
fabrique journellement des anciens tableaux
pour la satisfaction et la gloire des amateurs
et des connaisseurs. Vous entrez dans le magasin d'un marchand ; vous demandez s'il

12*

n'a rien de tel maître dont vous estimez le talent : s'il ne peut trouver sous sa main quelque chose qui ressemble à la touche et au coloris du peintre que vous désignez, il vous répond que non, mais ajoute sur-le-champ qu'il connaît, dans une maison de campagne, une composition fort estimable que l'on tient à un prix élevé, mais dont on pourra rabattre quelque chose : il vous engage à repasser. Si vous y consentez, vite il commande votre tableau, le reçoit d'un élève de Gros ou d'Abel Pujol, le couvre d'un peu de poussière, l'enfume ; et voilà une peinture à peine sèche qui compte au moins deux siècles d'existence.

Vous remarquez une pendule qui vous plaît, et que vous seriez bien fier de voir figurer sur la cheminée de votre salon, le jour que vous recevrez le directeur des doua-nes de votre arrondissement. Vous en de-mandez le prix : on vous parle de neuf cents francs : vous rechignez, et vous battez en retraite. A quelques pas de là, vous voyez la même pendule exposée en vente, avec cet écriteau en chiffres arabes : 5oo *francs*.

Vous vous étonnez d'une telle différence, vous en demandez la raison : on vous répond qu'on a retiré *cette pièce* d'une faillite, qu'on l'a dégagée du mont-de-piété, où le fabricant avait été forcé de la mettre, ou bien qu'on l'a *fait établir* soi-même à un prix tel, qu'on peut la donner à un bien meilleur marché que le voisin... Vous croyez à cela, vous achetez : arrivé chez vous, votre pendule ne marche pas, et vous ruine en réparations : la cage perd sa dorure, et laisse le bronze à découvert... Vous vous croyez trompé, vous criez au voleur : vous avez tort. Voici le mot de l'énigme :

Le premier marchand vous demandait neuf cents francs pour une pendule bien sculptée, bien ciselée, d'un travail fini, dorée à quatre ou cinq couches, et pourvue d'un mouvement excellent ; le second vous a livré, pour cinq cents francs, une pièce à peine ébauchée, d'un travail grossier, mal dorée et garnie d'un mouvement commun et à bas prix. Elle avait une belle apparence, mais ne valait rien, et vous en avez été pour votre argent.

Règle générale et applicable aussi bien
aux Parisiens qu'aux provinciaux. N'achetez
jamais rien chez vos amis, vous perdez le
droit de disputer le prix, et celui de vous
plaindre si vous avez été mal servis.

Pour tous les achats que vous avez à faire
pour votre habillement, fuyez les somptueux magasins dans lesquels vous verrez
briller l'acajou façonné en comptoir, et la
figure des garçons de boutique, appelés
aujourd'hui commis-marchands, éclairée
par les feux qui partent d'un riche cande-
labre ; sans vous en douter, vous serez mis
largement à contribution pour payer votre
part de toute cette mise en scène coûteuse
qui vous éblouit.

Vous voyez à l'étalage d'un tailleur en
boutique, un habit parfaitement confec-
tionné, la coupe vous en paraît savante, et
le fini précieux. Vous l'essayez, et par une
espèce de phénomène, il semble avoir été
fait pour vous ; le prix ne vous en paraît
pas élevé ; vous l'achetez et vous songez
avec une satisfaction intérieure, combien
cet hiver, vous allez avoir bonne grâce,

dans les réunions hebdomadaires du receveur des contributions de votre ville,
vêtu d'un habit qui sort des magasins
du Palais-Royal. Hélas, que votre triomphe
est de peu de durée! A peine avez-vous
montré trois fois cet habit précieux, qu'il
se déforme et vous devient une fois trop
grand; sous le poil du drap artistement
couché, vous découvrez un grand nombre
de petites coutures fines, imperceptibles. Ce
vêtement si brillant, quand il vous a séduit,
est composé d'une multitude de pièces savamment réunies, et qui, si elles n'étaient
pas toutes de la même couleur, en feraient
un habit d'Arlequin. Ce gilet de piqué anglais que vous avez payé vingt francs, se
transforme au premier blanchissage en une
serviette ouvrée qui vaut bien quinze sous.

Tous ces étalagistes ne comptent que sur
les étrangers pour payer les frais énormes
de leurs établissemens. Ils ne s'attachent
donc qu'à donner à leurs marchandises
une grâce et un air qui séduisent; ils
savent bien que le provincial qu'ils ont at-
trapé ne viendra pas du fond de son dé-

partement pour leur faire des reproches.

Ne craignez pas de payer un peu plus cher de bonne marchandise, et surtout ne craignez pas de mésoffrir. Un marchand à Paris vend au plus haut prix qu'il peut, c'est son métier. Ne paraissez jamais enthousiasmé de ce que l'on étale sous vos yeux ; parlez-en froidement, comme d'une chose qui est bien, mais sur laquelle il n'y a pas de quoi se récrier. Si vous semblez engoué d'un drap ou d'une étoffe, soyez certain que vous paierez l'un ou l'autre vingt-cinq pour cent de plus que sa valeur.

Vous avez promis à votre femme de lui rapporter de Paris une parure de diamans ou de pierres de couleur. Un prétendu courtier vient vous offrir une occasion superbe. Voici toutes les pièces qu'il vous faut, elles appartiennent à une personne gênée, et désireuse de vendre ; on les laissera à bas prix. Vous demandez à les faire examiner par un joaillier : tout est fin, tout est élégamment et solidement monté : vous êtes dans l'enchantement ; mais croyant bien faire, et mettre en application le dernier précepte du

paragraphe qui précède, vous n'en faites
rien paraître, dans l'espérance d'obtenir
encore un rabais. Si votre courtier, paraissant
ne pas pouvoir vous l'accorder, remet la parure dans sa poche, se dirige vers la porte,
pour s'en aller, puis revenant sur ses pas,
vous dit : « Allons, Monsieur, il faut bien
» vous céder, mais véritablement je subis
» une perte sur cette affaire, » faites de
nouveau vérifier la parure qu'il vous présente, autrement vous courez grandement
le danger de payer fort cher une collection
de straz ou de pierres fausses, très-bien
montées sur cuivre et enfermées dans un
écrin en tout semblable au premier.

# CHAPITRE XXII.

### PETITES AFFICHES.

LES petites affiches sont, comme tout Parisien le sait, et comme l'apprendra bientôt l'étranger, un journal quotidien qui contient à la suite de l'annonce de la vente légale d'une terre ou d'une maison, et la description des lieux, une foule d'avis divers, tous d'un intérêt plus ou moins grand pour ceux qui les y ont fait insérer, rédigés d'une manière quelquefois fort originale, mais souvent avec un style et des formes très-propres à piquer la curiosité, et à faire naître quelque confiance.

L'étranger qui parcourt pour la première fois cet indicateur, est tenté de le regarder comme une ressource précieuse pour ceux qui le consultent, comme un moyen de se procurer promptement et à bas prix une foule d'objets de toute espèce qu'on ne peut acquérir d'une autre manière qu'en les payant chèrement. Tout cela serait bien beau, si cela était vrai; mais, par malheur, rien n'est, la plupart du temps, plus fallacieux et plus trompeur que ces annonces si savamment calculées.

Les rédacteurs des Petites Affiches, gens étrangers à tout ce que contient leur journal, insèrent et publient, moyennant un prix fixé à tant par ligne, tout ce qu'on leur présente, et cela, sans jamais répondre de rien. S'ils concourent à induire le public en erreur, c'est le plus innocemment du monde, sans le savoir, sans s'en douter même; ainsi on n'a rien à leur dire.

La plupart des annonces faites par les Petites Affiches, n'y sont insérées qu'en désespoir de cause. C'est la dernière ressource qu'un homme emploie pour se débarrasser d'un objet dont il ne peut trouver la vente; le dernier moyen auquel recourt, pour se caser quelque part, un sujet qui sollicite

13

une place, et qui n'a à Paris ni connaissances, ni recommandations ; à moins que, nou-
vellement débarqué, il ne se figure qu'on a
grande confiance aux offres faites par les
papiers publics, ce qui est une erreur.

Un maquignon ne peut vendre à personne un animal rétif, vicieux ou poussif ;
il obtient d'un propriétaire complaisant la
permission de le placer dans son écurie, et
fait annoncer que pour *cause de départ,* on
veut vendre pour 5oo francs, 3oo francs,
un superbe alezan de sept ans, à tout crin,
également propre à la selle et au cabriolet.
On se transporte à l'adresse indiquée ; le
portier, qui a une commission sur la vente
du cheval, assure qu'il est excellent, que
son jeune maître ne s'en défait qu'à regret ;
mais que, sur le point de faire un long
voyage en Amérique, en Russie, il ne peut
le garder à Paris.... On veut essayer l'animal : des drogues lui ont rendu pour un
moment une vigueur factice ; il est vif, doux,
obéissant. On l'achète, et trois jours après
on se trouve dans la nécessité de le céder
pour cinquante francs à un cocher de fiacre

On lit l'annonce d'un fond de commerce qui produit un joli revenu. Sa position est bonne, le loyer n'est pas élevé, et il y a dix ou quinze ans encore de bail. Belle occasion pour s'établir! On va reconnaître les lieux. Tant qu'on est là, le marchand, les demoiselles de boutique ne peuvent suffire à l'affluence des acheteurs qui se succèdent et se pressent. Vous demandez pourquoi on veut vendre une maison qui paraît si bien achalandée, on vous répond qu'on *prend de l'âge*, qu'on est d'une faible santé, qu'on n'a point d'enfans, et qu'on veut jouir enfin du bien-être qu'on a acquis dans un genre de commerce et dans un établissement dont on n'a qu'à se louer. Vous achetez ; dès le lendemain de votre prise de possession, la foule disparaît, les acheteurs, qui étaient autant d'affidés et de compères apostés pour vous faire illusion, ne reviennent plus, et vous êtes tout étonné de vous trouver seul dans un magasin qui vous a semblé trois jours auparavant, avoir la vogue la plus soutenue.

Les demandes les plus saugrenues sont

déguisées sous les formes les plus naturelles et les plus décentes. Une jeune personne, d'un physique agréable, pleine de modestie, sollicite une place auprès d'un monsieur seul pour tout faire : c'est une fille de bonne volonté qui demande à vivre en concubinage avec un vieillard riche et libertin.

Un célibataire d'un âge mûr désire, pour tenir sa maison, une jeune dame d'un extérieur qui prévienne favorablement, d'une éducation soignée, d'un caractère doux et accommodant : c'est un vieux débauché qui cherche une maîtresse.

Une dame désire quelques pensionnaires pour compléter une table d'hôte : c'est une aventurière qui monte un tripot.

On offre de partager les bénéfices d'une entreprise qui rapportera infailliblement 6 à 800 francs par jour à quelqu'un qui pourra disposer d'une somme de 1,200 francs. L'auteur de cette annonce bienveillante est un joueur qui a découvert une nouvelle martingale.

Un négociant turc a apporté de Constantinople la pommade dont se servent les sultanes pour s'éclaircir le teint, et se maintenir dans une fraîcheur et une jeunesse éternelle; il ne vend le pot que la bagatelle de dix francs. Le cosmétique merveilleux, imaginé par un musulman de la rue Bourg-l'Abbé ou de la rue Saint-Martin, se compose des substances suivantes :

Graisse de porc purifiée     20 centimes.
Huile odorante . . . . . 7
_____
              Total. 27

A quoi il faut ajouter un pot
    de porcelaine valant. . . 20
Vignette et ficelle. . . . 3
_____
          Total. 5o centimes

Vous aimeriez bien faire, après votre dîner , une partie de billard; mais vous ne pouvez pas aller au café, parce que, dans certaines provinces, les cafés sont de mauvais ton et abandonnés à la classe inférieure.

13*

Vous êtes membre d'un tribunal de première instance, ou professeur d'un collége royal, et le décorum vous défend de vous montrer comme partie intégrante dans une maison publique. Un matin, vous lisez dans les Petites-Affiches. « A vendre pour 600 » francs, un superbe billard en acajou mas- » sif de la plus grande justesse, avec tous » ses accessoires, ayant coûté 1,500 fr. » Quelle belle occasion ! vous avez au rez-de-chaussée, une superbe pièce éclairée par le haut, et dans le fond de votre jardin ; vous pourrez, à l'abri des yeux profanes, y prendre le divertissement que vous aimez. Vous achetez, vous faites voiturer dans votre pays et monter le magnifique billard que vous avez eu à bas prix. Au bout d'un mois, et à mesure qu'il se sèche, le bois se tourmente et travaille, et vous ne pouvez jamais mettre la table parfaitement de niveau. Les bandes et les pieds qui doivent être en acajou massif, ne sont recouverts que d'une feuille mince comme du papier, que le frottement a bientôt usée, ou qui se décolle, et laisse à découvert la buche de hêtre qu'elle habille. Vos queues, taillées dans une tige remplie encore de sève, se tordent et finissent par prendre la courbure d'un cor de chasse.

Votre fille aînée est bien gentille ; elle déchiffre déjà joliment une sonate. Vous allez la retirer de pension ; et, comme vous lui avez promis un grand piano, vous vous dépêchez de lui en acheter un à quatre cordes, à tambourin et à carillon, qui a coûté 2,400 francs, et que vous obtenez, par une occasion indiquée dans les Petites-Affiches, pour 900 francs. Votre cœur paternel se réjouit, en pensant que les doigts de votre enfant bien aimé vont voltiger sur les touches d'ivoire et d'ébène, et en tirer, pendant les longues soirées d'hiver, les sons les plus mélodieux. Mais quel désappointement ! Le bois, en faisant retraite, désaccorde l'instrument et en rompt toutes les cordes ; du matin au soir, il faut avoir chez vous un facteur qui rétablisse l'harmonie du brillant instrument. Ce n'est pas tout, les sons deviennent sourds, étouffés, et votre fille, en jouant, semble taper sur un chaudron. Les

ornemens, trop légèrement dorés, paraissent
à découvert, et prennent le vert-de-gris.
—Enfin, vous avez cru faire une riche acquisition, et vous n'avez emporté qu'un mé-
chant outil discord et sans valeur. Il est vrai
que vous avez pour consolation la liberté de
maudire les Petites-Affiches.

Le Constitutionnel, le Courrier, le journal des Débats, depuis qu'ils consacrent
une de leurs pages à des annonces de toute
espèce, font pour un quart tous les jours,
le métier des Petites-Affiches ; ainsi ces nobles défenseurs de nos libertés ne doivent
point s'offenser si je les assimile, pour
cette portion, à la feuille innocente dont
ils usurpent les droits antiques et re-
connus.

Une annonce dans ces journaux est tout
aussi menteuse que celle que je viens de signaler. Cet article, qui fait d'un livre nouveau un éloge si pompeux, a été rédigé
par l'auteur et payé par le libraire. Moyennant un franc cinquante centimes par ligne
de cinquante-huit lettres, il est loisible à
tout écrivain de révéler à l'univers qu'il a

produit une œuvre excellente, et qu'il est un grand homme. Je compte bien, moi, qui écris ceci, employer ce moyen commode, pour faire de mon livre un tel éloge, qu'il arrachera l'argent de la poche du lecteur, pour le faire tomber dans celle de l'honnête marchand qui le publie.

Je ne finirais pas si je voulais citer tous les moyens de déception mis en usage par les Petites-Affiches et les feuilles publiques. Pour y échapper, il ne faut rien croire de ce qu'on y lit, s'en rapporter à soi, et dans le doute, ou l'impossibilité de prononcer un jugement, s'abstenir avec sagesse.

~~~~~~~~~~~~~~~~~~~~~~~~~~~~~~~~~~~~~~~~~~~~~~~~~~~

# CHAPITRE XXIII.

---

**AFFICHES.—ANNONCES A LA MAIN.—TITRES DE LIVRES.**

INDÉPENDAMMENT des moyens de publication que les journaux mettent à la disposition de ceux qui ont besoin de faire connaître leur existence, leurs talens ou leur commerce, il en est d'autres encore employés sur tous les points de la capitale, et auxquels il ne faut pas plus ajouter confiance qu'aux précédens.

Vous vous êtes approché d'un peu trop près d'une de ces Vénus vagabondes qui, à la chute du jour et jusqu'à onze heures du soir, font aux passans leurs offres de service; il vous en est resté un souvenir que vous voudriez bien ne pas conserver longtemps, et surtout ne pas emporter chez vous. Levez les yeux, et lisez ces affiches. Une foule de docteurs offrent d'effacer, par un traitement purement végétal, les traces douloureuses qu'un amour de rencontre a malheureusement laissées sur votre personne. Vous allez chez l'un d'eux ; s'il peut remplir sa promesse, il palliera pour un moment le mal dont vous êtes frappé : dans cinq à six mois, ce mal reparaîtra plus menaçant. Vous vous croirez sûr de vous, vous accuserez l'innocence ; et, trompé par une fausse certitude, vous finirez par abandonner votre femme qui, cependant, n'aura rien à se reprocher.

Si votre empirique, connaissant la nullité de son mode de guérison, vous soumet au traitement ordinaire, pour vous expédier plus vite, car vous êtes, vous, pressé de guérir, et lui de recevoir votre argent, il vous administrera, sous une forme déguisée, et à grande dose, le métal que vous redoutez ; il vous détruira l'estomac, et vous causera des tremblemens nerveux dont vous ne serez délivré de la vie.

Si un étranger se trouve dans la triste

nécessité de recourir à la faculté, qu'il s'a-
dresse à un médecin connu et en réputation.
Ceux qui se font afficher sur les murailles,
ne sont le plus souvent que des ignorans et
des charlatans.

*Vente pour cause de départ, pour cause
de déménagement, pour cause de démoli-
tion, pour cause de cessation de commerce.*
Toutes ces annonces affichées au-dedans des
carreaux d'un marchand de rouenneries et
de nouveautés, ont pour but de faire croire,
qu'en considération de la circonstance, le
public paiera meilleur marché. Entrez dans
le magasin, tout y est aussi cher qu'ailleurs;
repassez dans six mois, dans un an, et vous
trouverez la maison encore debout, le marchand dans son comptoir, et le commerce
qu'on devait cesser, en pleine activité.

Vous voyez en étalage à la porte d'une
boutique, ou d'un magasin, comme on dit à
présent, divers coupons de drap avec des
étiquettes portant ces prix : 15 francs, 18
francs, 22 francs, etc. Vous tâtez l'étoffe,
elle vous paraît fine, moelleuse, soyeuse,
forte; l'envie vous prend d'en acheter pour

un habit ou une redingotte ; vous entrez et
demandez la pièce dont vous venez de manier l'échantillon. Chose singulière et fâ-
cheuse ! elle est complétement vendue ;
dans le fait, elle était si belle, la maison
est si bien connue pour ne vendre que du
bon et à bas prix ! Pour vous consoler, on
va vous montrer une autre pièce un peu
plus chère, il est vrai, mais aussi, beaucoup plus *avantageuse;* et vite on la déploie
sous vos yeux, avant que vous ayez le
temps de vous en défendre. Que faire ?
Vous vous trouvez en face de l'ennemi,
vous avez paru avoir besoin d'un vêtement.
Vous vous laissez endormir ; et, entré pour
acheter ce qui vous convenait, vous sortez
après avoir acheté ce qu'il convenait au
marchand de vous vendre.

Une provinciale, et même une Parisienne,
entend annoncer sous une appellation bizarre
et singulière, une étoffe nouvelle, et veut la
voir. Elle entre dans un magasin, et on lui
met sous les yeux, en lui disant *c'est tout
ce qu'il y a de plus nouveau,* une toile imprimée ou une soierie qu'elle a portée, il y

14

a une dixaine d'années, sous un autre nom. C'est ainsi qu'il n'y a pas très-long-temps, on a vendu, sous la désignation de *taffetas vampire*, tout ce qui était resté dans les magasins, de ces soieries qu'on appelait, cinq à six ans auparavant, *taffetas écossais*. Un nouveau nom crée une nouvelle chose.

Voici encore une ruse assez fréquemment en usage. Un marchand fait publier que, s'étant trouvé par malheur dans une faillite considérable, il a été obligé de prendre en paiement des marchandises qu'il cédera aux consommateurs à 50 pour 100 de perte, parce qu'il veut rentrer dans ses fonds. Les Parisiens ne sont pas pris à cette amorce, mais les provinciaux et les étrangers s'empressent de saisir aux cheveux une occasion qu'ils craignent de manquer; ils ne sont pas précisément trompés, seulement l'occasion prétendue les jette dans des dépenses superflues, et qu'ils ne feraient pas, s'ils n'imaginaient y trouver un grand avantage.

Je ne parle pas de ces colporteurs qui

vendent effrontément des tissus de coton pour des tissus de lin, du madapolam pour de la toile de Hollande : ce sont des escrocs dont les tribunaux font justice quand ils peuvent les saisir.

*Superbe occasion, grand rabais, vente à cinquante pour cent de perte,* C'EST UN CRIME, *de vendre aussi bon marché,* etc., tels sont les titres de petits imprimés que les boutiquiers font distribuer sur les boulevarts, et dans les environs du Palais-Royal. Croire à tout cela, est le meilleur moyen qu'on puisse prendre pour être dupe. Si la dixième partie seulement de ce que promettent ces annonces était vraie, pas un seul marchand n'échapperait à sa ruine.

Au rang des annonces menteuses, je mets les titres bizarres, et quelquefois extravagans, sous lesquels on vend ou l'on joue les productions de l'esprit. On ne sait pas quelle importance on attache au titre d'une pièce de théâtre et d'un livre nouveau. J'ai vu un auteur dramatique pleurer la chute d'un mélodrame qu'il n'avait pourtant pas composé, uniquement parce qu'il portait un titre superbe, qui se trouvait frappé de proscription, et qu'on ne pouvait plus employer désormais. C'était, il m'en souvient, la *Maison murée*, et l'auteur, M. Hubert, père de Clara et autres pièces du boulevart. Et quand il s'agit d'un livre! jamais le lecteur ne s'imaginera combien mon libraire et moi avons sué, pour trouver à celui-ci un titre qui piquât la curiosité du lecteur, et décidât un de ces nombreux flaneurs qui bouleversent tout sur un étalage, à en entr'ouvrir les feuillets. Pour moi, je puis attester que j'ai plus travaillé pour chercher ce titre malencontreux, que pour composer le livre tout entier.

Eh bien! à l'aide de ces annonces singulières et burlesques, qu'est-ce que nous autres barbouilleurs de papiers, vous vendons le plus communément? des sornettes, de vieilles idées rhabillées à neuf, et souvent même reproduites telles que, pour la première fois, elles sont venues au monde. A l'exception, cependant, de mon livre, où tout est

neuf, la forme et le fond, ou tout est bon,
l'ensemble et les détails, où tout est utile...
à mon avis.

Provinciaux et étrangers, défiez-vous des
enseignes, des annonces et des titres.

Ce chapitre a singulièrement de rapports
avec celui qui traite des *achats*, et peut en
être regardé comme le complément.

14*

## CHAPITRE XXIV.

### LOTERIE ET MAISONS DE JEU.

GRACE aux soins d'un gouvernement pré-
voyant et paternel, il n'est pas un chef-lieu
d'arrondissement, dans lequel il n'existe un
ou plusieurs bureaux de loterie, selon les
besoins de la population ; en province, il
se trouve encore une certaine pudeur native dont on franchit lestement les bornes
à Paris. Dans une ville départementale, on
joue en société ; mais les bureaux de loterie
sont marqués en noir crayon, et un homme
qui se respecte ne voudrait point y entrer,
dans la crainte d'être aperçu, soit en allant,
soit en revenant, et de perdre une partie
de la considération qui l'environne et qui
lui est nécessaire.

Ensuite, les buralistes de province ne sa-

vent pas employer, pour achalander leurs
boutiques, les moyens dont on se sert dans la
capitale. On ne voit point sur leurs enseignes
la fortune, un pied posé sur un globe, vider sur ses favoris d'énormes cornes d'abondance pleines de pièces d'or et de billets de
banque ; on ne voit point, à travers les carreaux, ces belles feuilles imprimées et dé-
corées de rubans, qui annoncent au public
émerveillé qu'un *actionnaire,* qui n'a risqué
que vingt sous, a gagné un quaterne de
75,000 francs ; point de fanfares qui annoncent les victoires, point de vieilles femmes
groupées à la porte, et payées pour expliquer les rêves, donner l'âge des numéros,
et, par des prophéties que le hasard réalisera s'il lui plaît, pousser dans l'intérieur
ceux que l'incertitude retient au dehors. En
province, un buraliste de loterie rougit en
quelque façon de son métier, et ne le fait
qu'à défaut d'un autre.

A Paris, on tient un bureau de loterie
comme on fait le commerce le plus honnête : on ne pense qu'au profit de son trafic,
et l'on vend sans scrupule, contre des es-

pèces sonnantes, des espérances et un ave-
nir qui reposent sur les brouillards de la
Seine : on enjolive sa boutique, on la dé-
core de tableaux, on cherche à l'achalander. Quant aux malheureux que l'on fait,
qu'ils se pendent ou se noient, que la charité
publique les enterre ; quant aux voleurs que
l'on engendre, que les tribunaux en fassent
justice.

Il est possible qu'un homme qui n'ose pas
jouer à la loterie dans la ville qu'il habite,
se décide à tenter la fortune à Paris, où il
n'est pas connu, et où il n'a aucun blâme à
redouter. Pour lui faire voir dans quel gouffre il se plonge, je vais lui établir le calcul
suivant.

Les quatre-vingt-dix numéros de la loterie, seuls à seuls, ou combinés ensemble,
deux à deux, trois à trois ou quatre à quatre, fournissent :

| | |
|---|---:|
| Extraits. . . . . . | 90 |
| Ambes. . . . . . | 4,005 |
| Ternes. . . . . . | 117,480 |
| Quaternes. . . . . | 2,055,190 |

Supposons qu'un joueur fasse une mise
sur cinq numéros : la chance la plus heureuse qu'il puisse ambitionner est que les
cinq numéros sortent de la roue, et d'obtenir en conséquence :

| | |
|---|---|
| Extraits. . . . . . . . . | 5 |
| Ambes. . . . . . . . | 10 |
| Ternes. . . . . . . . | 10 |
| Quaternes. . . . . . . | 5 |

S'il a cinq numéros pour lui, la loterie en
a quatre-vingt-cinq pour elle. Or, ces quatre-vingt-cinq numéros fournissent :

| | |
|---|---|
| Extraits. . . . . | 85 |
| Ambes. . . . . | 3,570 |
| Ternes. . . . . | 98,770 |
| Quaternes. . . . | 2,024,785 |

Maintenant, comparons les chances que le
joueur et la loterie ont chacun en leur faveur, dans l'hypothèse d'une mise de cinq
numéros.

Si l'on joue l'extrait, la loterie a en sa faveur 85 chances, et le joueur 5

l'ambe, 3,570 *idem*, le joueur 10

le terne, 98,770 *id.*, le joueur 10

le quat., 2,024,785 *id.*, le joueur 5

En réduisant ces divers termes à leur plus simple expression, on trouve que, si un homme joue cinq numéros, et poursuit toutes les combinaisons qu'ils peuvent donner un à un, deux à deux, trois à trois, quatre à quatre, il y a à parier,

17 contre 1 qu'il ne gagnera pas un extrait ;

357 contre 1 qu'il ne gagnera pas d'ambe ;

9,877 contre 1 qu'il ne gagnera pas de terne ;

404,957 contre 1 qu'il ne gagnera pas un quaterne.

A présent jouez à la loterie.

Il est vrai que la loterie fait beaucoup

plus que doubler la mise au joueur qui gagne. Voyons si la proportion, si étrangement rompue dans le calcul des chances
hasardeuses, se trouve rétablie dans l'hypothèse du gain,

La loterie paie l'extrait. . .      15 fois
la mise,

    l'ambe. . .      270
    le terne. . .   5,500
    le quaterne  75,000

Ainsi, le joueur qui a couru la chance de
17 contre 1 n'a plus, en cas de gain, que
celle de 1 contre 15; s'il a couru celle de
357 contre 1, il n'est payé que d'une somme
égale à 270 fois la mise; ainsi de suite : ce
qui laisse une balance immense en faveur
de la loterie.

Outre cet établissement, ouvert à ceux
qui ont la patience d'attendre du soir au
lendemain, il existe, sous la protection des
lois, des repaires dans lesquels s'engloutis-
sent avec une bien autre rapidité l'argent,
l'honneur et le sang des joueurs. Là, on

n'a le temps ni d'espérer ni de craindre : le sort prononce à l'instant même. La chance paraît plus égale : mais elle est calculée de telle manière, que toujours et toujours le bénéfice des parties est pour les fermiers des jeux. Des pontes emportent quelquefois des sommes considérables : ne croyez pas que l'administration s'en afflige : ces sommes lui reviendront sans qu'il y manque un écu, et avec elles, celles que les spectateurs d'un tel résultat, ou ceux qui en entendront parler, pourront se procurer par la vente de leur mobilier, par l'emprunt, le vol et l'assassinat.

Il est certain que les fermiers des jeux jouent à coup sûr, et sont certains de leur affaire ; car, sans cela, comment pourraient-ils :

1° Payer au Gouvernement une somme de dix millions pour leur détestable privilége ;

2° Acquitter des loyers exorbitans, et pourvoir à l'entretien d'un grand matériel, à l'éclairage d'un grand nombre de vastes salles, etc.;

3° Solder une multitude d'employés, de

garçons de salle, de bureau d'antichambre..., etc. ;

4° Faire secrètement des cadeaux, des remises à des personnes en crédit dont la protection leur est nécessaire ;

5° Acquérir en peu d'années des fortunes colossales, devenir grands propriétaires, avoir des hôtels à la ville, des châteaux à la campagne.

Si l'homme égaré et cupide, qu'un mauvais génie entraîne dans ces ateliers de tous les crimes, ne perdait que l'argent qu'il possède, le mal, tout affreux qu'il est, serait peut-être moindre ; mais il trouve sous sa main le moyen de perdre celui qu'il n'a pas, et d'épuiser jusqu'à sa dernière ressource. Messieurs de la chambre sont toujours en mesure de lui fournir en secret, sur sa montre ou ses bijoux, un nouvel argent que le fatal rateau va réunir à la masse composant les bénéfices de la soirée ; une maison de prêt clandestine, mais bien connue, toujours située au-dessus ou au-dessous des tables de roulette, et ouverte tant que durent les parties, reçoit sur de faibles avances des

15

gages quelquefois de grande valeur qui, un
jour ou un autre, finissent par lui rester.

Voici un exemple effrayant de l'état de
nudité dans lequel les joueurs sortent de ces
lieux infâmes où se souillent, se corrompent
et se perdent l'honneur et la fortune : cet
exemple n'est point inventé à plaisir, et je
puis, sur le récit d'une personne digne de
confiance, garantir la vérité du fait. Un
jeune homme de province, entraîné par de
faux amis au n° 113, en sortit dépouillé si
complétement, qu'il fut réduit à entrer, vers
le milieu de la nuit, chez un marchand de
linge et d'habits de la rue du Rempart,
et là, dans un arrière-cabinet, de se dépouiller de sa chemise, sur laquelle il emprunta
*quinze sous*, pour aller prendre un potage,
et peut-être payer un gîte dans quelque ga-
letas.

Si la passion du jeu, légalement et au-
thentiquement autorisée en France, conduit
journellement d'innombrables victimes au
déshonneur, au crime, et de là au bagne
et à l'échafaud, il faut rendre justice à la
magistrature : toutes les fois qu'un voleur et

un assassin qui ont fait leurs premières armes dans les tripots du Palais-Royal, en sortent pour figurer sur les bancs de la Cour d'assises, le président qui les interroge, et le procureur du Roi qui les accuse, ne manquent pas de leur faire, pendant le cours de la procédure, et souvent après leur condamnation, une belle mercuriale sur le danger de fréquenter les maisons de jeu. La compensation est-elle suffisante? Je ne crois pas. L'éloquence des magistrats est-elle bien profitable pour ceux qui l'écoutent? c'est ce qui ne me paraît pas bien prouvé. N'est-ce pas une contradiction manifestement extravagante, que d'ouvrir tous les soirs des établissemens criminels contre lesquels les dépositaires de la morale et des lois sont autorisés à déclamer tous les matins. Si, de votre propre aveu, l'intérêt des mœurs publiques et de la fortune des citoyens les condamne et les maudit, pourquoi ne pas les fermer, et veiller à ce qu'ils ne se rouvrent pas dans les ténèbres? Est-il si nécessaire de peupler les bagnes et de fournir des victimes aux bourreaux?

~~~~~~~~~~~~~~~~~~~~~~~~~~~~~~~~~~~~~~~~~~~~

# CHAPITRE XXV.

### DES CAFÉS.

LE rôle d'habitué de café ne convient qu'à quelques marchands ou fabricans, qui vont s'y distraire entre eux le soir, quand le moment de la vente ou du travail est passé, ou à quelques petits rentiers qui, moyennant une demi-tasse, trouvent le moyen, pendant l'hiver, d'économiser leur bois et leur chandelle. Un étranger ne doit entrer au café que pour y prendre ce dont il a besoin, y lire le journal; et, s'il est prudent, il évitera ceux où la foule se porte pour admirer de riches décorations, ou une belle dame de comptoir : les objets de consommation y sont ordinairement mauvais et d'un prix plus élevé qu'ailleurs.

Il faut craindre de se prêter aux avances d'un homme qui, à l'occasion d'un article de journal, vous fait part de ses réflexions politiques, et semble provoquer les vôtres. Cet homme, que rien n'autorise à entamer avec vous une conversation, est un mouchard ou un voleur qui, des affaires publiques, vous amènera à parler de vos affaires particulières, et recevra de vous-même, sur vous, des renseignemens dont il saura tirer parti d'une manière ou d'une autre.

Si vous vous trouvez dans un café avec un ami, parlez à voix basse, et tenez-vous en garde contre cet homme qui, à votre côté, paraît absorbé dans la lecture du Constitutionnel : ses oreilles sont plus occupées que ses yeux.

Gardez votre chapeau à côté de vous, et ne le perdez pas de vue. Si vous l'accrochez à un des patères qui garnissent le pourtour de la boutique, et que vous ne vous en occupiez plus, vous risquez grandement de vous en retourner avec un chapeau gras, crasseux, que l'on vous aura laissé à la place de celui que vous avez acheté hier.

15*

Si vous jouez à la poule pendant l'été, et que le ton de la société le permette, ne quittez pas votre habit, même pendant les plus fortes chaleurs, sinon un joueur qui, ainsi que vous, aura mis bas le sien, endossera le vôtre, l'emportera bien tranquillement pendant que vous donnerez votre acquit ou bloquerez une bille ; et, si vous avez dans la poche de côté un portefeuille qui contienne des billets de banque ou des valeurs, vous pourrez lui dire adieu. Si la chose ne va pas jusque-là, un preneur de tabac, sous prétexte de chercher sa tabatière ou son mouchoir dans sa poche, ira fouiller dans les vôtres, s'accommodera de ce qu'il y trouvera ; et, si vous le surprenez dans sa recherche, il sera quitte pour vous dire qu'il commet une erreur, et prend votre habit pour le sien. Cela aura un air si naturel et si vrai, que vous le croirez.

Au café, comme chez le restaurateur, il ne faut pas rougir de compter la monnaie qu'on vous rend sur une pièce qu'on vous aura changée. On y commet des erreurs tout comme autre part.

~~~~~~~~~~~~~~~~~~~~~~~~~~~~~~~~~~~~~~~~~~~~~~~~~~

# CHAPITRE XXVI.

---

### CAFÉS-JARDINS.

J'ai dit qu'au café il ne fallait pas, par une fausse honte, ou par une confiance déplacée, mettre dans votre poche, sans la compter, la monnaie que le garçon vous rend sur une pièce que vous aurez donnée en paiement, et dont la valeur excède votre dépense. Dans les cafés-jardins, où la foule se presse et où vingt garçons haletans paraissent ne pouvoir suffire aux consommateurs, il y a une autre attention à apporter. Vous vous y êtes arrêté avec une société, vous avez pris des glaces, du punch, quelques verres de liqueur, etc. Vous voulez vous retirer, et vous demandez le garçon pour payer la dépense. Il se laissera appeler quatre à cinq fois en vous criant de loin : *voilà*.... Il viendra enfin, effaré, étourdi, regardant de tous côtés autour de lui, et comme pressé de vous expédier pour courir ailleurs. Vous lui dites de faire le compte. Il vous bredouille quelques mots de glaces, punch, liqueurs, que vous ne comprenez pas, puis vous articule clairement une somme de..... Si vous payez sur-le-champ, sans autre explication, il est à peu près sûr que vous donnez dix, quinze ou vingt sous de trop. Si vous avez fait votre compte auparavant, à l'aide du tarif des objets de consommation, qui est affiché dans ces sortes de maisons, vous vous appercevez bien, avant de lâcher votre argent, de l'erreur que l'on commet à votre préjudice ; mais si vous n'avez pas pris cette précaution, ne vous inquiétez pas de l'air affairé qu'affecte le garçon, et faites-lui faire, article par article, et posément, le compte de votre dépense ; il arrivera rarement que vous ne trouviez pas à gagner à cette récapitulation.

Quand une société a fait une dépense un peu forte dans ces maisons, et même dans un café ou chez un restaurateur, il arrive souvent que celui qui fait les honneurs trouve dans la monnaie qu'on lui rend, une pièce de dix ou de vingt sous presqu'entièrement effacée, qu'il tourne et retourne, et finit par jeter au garçon, en lui disant qu'elle est pour lui. Cette pièce n'est pas mise là sans intention. Elle a déjà été rendue à bien des consommateurs, et jetée bien des fois au garçon. On donnerait deux ou trois sous, si on ne recevait que de bonne monnaie, et on en donne dix ou vingt, parce qu'un garçon présente une mauvaise pièce que l'on craint de ne pas pouvoir faire passer.

Quand on se trouve dans ce cas-là, c'est faire un métier de dupe que de donner dans le piége qui est tendu. Il faut, sans rien craindre, faire échanger la mauvaise pièce contre une autre, et donner au garçon ce que l'on croit convenable et proportionné au dérangement qu'on a pu lui causer.

~~~~~~~~~~~~~~~~~~~~~~~~~~~~~~~~~~~~~~~~~~~~

# CHAPITRE XVII.

SPECTACLES.

LE voyageur qui veut passer une soirée au spectacle, ne doit pas chercher à faire une économie mesquine en achetant au-dessous du prix, de ces aventuriers qui obstruent les avenues des théâtres, un billet d'entrée, qui peut être faux, et l'engager dans des démêlés fort désagréables avec les contrôleurs, ou l'officier de police qui fait le service. Plus d'une fois, un étranger qui comptait passer une soirée agréable dans un spectacle, a été durement éconduit, ou a passé une nuit fort triste dans un corps-de-garde.

L'homme pacifique qui aime à jouir des plaisirs de la scène, doit éviter les premières représentations. D'abord les comédiens, qui

ne savent pas précisément encore quelle
couleur ils doivent donner à leurs rôles,
qui ne sont pas encore parfaitement sûrs de
leur mémoire, jouent avec crainte, incertitude, et souvent sans harmonie ni ensemble, surtout s'ils redoutent quelque cabale.
Ce n'est que lorsque la pièce a réussi, et que
les acteurs, qui ont été avertis par le parterre, ont bien pris le ton et les manières
des personnages qu'ils représentent, que l'on
peut réellement jouir d'une représentation
dramatique.

Ajoutez à cela que le jour d'une première
représentation, le parterre est ordinairement envahi par une foule d'amis ou d'ennemis de l'auteur, qui viennent pour soutenir ou faire tomber la pièce, et souvent
souillé par la présence de ces ignobles ca-
baleurs, qui font métier de louer leurs
mains crasseuses, et leurs cris forcénés à la
jalousie d'un auteur ou à la rivalité d'une
actrice, qui assourdissent et souvent mal-
traitent celui qui veut jouir du plaisir qu'il
a acheté à la porte.

Une première représentation est souvent

accompagnée d'un tumulte effroyable et de
scènes sanglantes ; plus d'une fois on a, du
parterre comme d'un champ de bataille,
emporté meurtri de coups, et la tête entr'ouverte, un bon et honnête provincial
qui, en prenant sa place, se promettait de
bien s'amuser.

Quand un homme se rend au spectacle
sans y accompagner des dames, il est mieux
au parterre que partout ailleurs ; mais il ne
doit pas se placer sous le lustre, parce que
c'est là que se réunit et se groupe, en corps
d'armée, la sale cohue dont les membres
sont connus sous le nom de *romains.*

Celui à qui on rend au guichet d'un spectacle, de la monnaie sur une pièce qu'il a
donnée pour payer son billet, ne doit pas
craindre de la compter, quoique le gendarme de planton lui dise de filer. Les erreurs, volontaires ou non, font la partie la
plus productive des appointemens des femmes chargées de la distribution des billets
et de la recette du théâtre.

Assis au parterre, on doit se défier des
voisins que l'on a à droite et à gauche, et

qui montrent trop d'empressement à faire la conversation avec un étranger pendant les entr'actes, et à la continuer même pendant que les acteurs sont en scène. Il est des hommes dont l'élocution facile, brillante et variée, séduit facilement celui qui, se trouvant seul et inconnu, s'estime heureux de rencontrer un voisin si bien instruit du nom et des intrigues de ces dames, qui a la mémoire si bien fournie d'anecdotes dramatiques, et qui les raconte d'une manière si piquante. Si on se livre, et qu'on en soit quitte pour un riz à la sortie du théâtre, on n'a pas à se plaindre ; mais si on va plus avant, et si on croit devoir cultiver la connaissance qu'on vient d'improviser ; si on donne ou si on accepte un rendez-vous, on se trouve souvent au pouvoir d'un homme qui mène loin ceux sur lesquels il a pris un ascendant quelconque.

A la sortie du spectacle, même à la sortie d'une église et de tout autre endroit public, il faut se défier des gens qui marchent à contre sens de la foule, la remontent comme pour entrer dans le lieu dont elle sort, et

16

poussent vivement : si leurs yeux sont tour-
nés en l'air, leurs mains sont à la hauteur
des goussets et des chaînes de montre. Il
n'est ni chaînes de sûreté, ni boutons, qui
résistent à un arrachement violent, dont
vous ne vous apercevez même pas.

Avant de sortir, rentrez votre chaîne de
montre, ou bien donnez à votre gousset le
*tour de cou* : c'est-à-dire, étranglez ou tor-
dez-le. Un ou deux tours suffiront pour ré-
duire au néant toute la subtilité des filous,
et vous pourrez braver ceux qui font le
plus habilement la bourse, la montre et la
tabatière.

Dans une foule et pendant la nuit, si
vous entendez des cris se pousser et se répondre çà et là, soyez persuadé que vous
êtes entouré de voleurs, et que les cris que
vous entendez sont leurs signes de reconnaissance.

# CHAPITRE XXVIII.

## DE LA BONNE SOCIÉTÉ.

Vous avez réussi à vous faire présenter et admettre dans la bonne société : vous n'êtes entouré que de personnes du meilleur ton, des mœurs les plus sévères, de la réputation la plus exquise. On y joue avec honneur et loyauté un jeu modéré : si vous y laissez quelques napoléons, ils vous auront été gagnés sans que vous ayez le droit de vous plaindre. Vous êtes donc en sûreté, et vous pouvez vous abandonner sans rien craindre..... Oh, que non !

Une jeune et jolie dame prend la parole, et raconte, d'une manière vraiment attendrissante, l'infortune d'une famille de sa connais-

sance. Elle est composée de personnes si ver-
tueuses, si à plaindre...; et les enfans! comme
ils sont jolis! comme ils sont dignes d'intérêt!..
il y en a un encore à la mamelle... Il est du devoir de toutes les personnes aisées de venir au
secours des tristes victimes d'une infortune
si peu méritée... La solliciteuse est si jolie!
la bienfaisance a pris pour organe une bouche si séduisante! Vous êtes attendri : on
s'en aperçoit, et vite on vous présente une
liste de souscription, avec prière de vous
inscrire pour la somme que vous voudrez
bien offrir. Vous regardez le fatal papier qui
vous semble bien lourd, et que vous voudriez bien pouvoir laisser tomber; vous désirez connaître quelles sont les personnes auxquelles vous vous associez pour une œuvre de
bienfaisance, et vous voyez les noms les plus
honorablement connus dans le monde : des
banquiers, des magistrats, des ecclésiasti-
ques; tous ont promis de fortes sommes.
Le moyen, après cela, de vous inscrire pour
la pièce de cinq francs? Quelle figure ferait
votre chétive offrande! quelle opinion don-
neriez-vous de votre fortune? Vous vous en-

gagez à donner la pièce d'or, et un souris de la charmante quêteuse est votre récompense.

Or, savez-vous comment tout cela s'en-file ? Ces beaux noms que vous voyez en tête de la liste de souscription ne sont là que pour la forme, dans le but de prouver que la famille infortunée pour qui on vous im-plore est connue dans la haute société, et a des droits à ses secours ; mais pas un écu de tous ceux qui lui sont promis par ces grands personnages, ne passera d'une poche dans une autre : ils ont signé, ils ont promis, pour piquer l'émulation ; mais il est bien entendu que leur signature et leur promesse ne les engageront à rien. Quant à vous, c'est une toute autre affaire, on saura bien vous contraindre à verser le montant de votre souscription. Les infortunés que vous aurez secourus ne vous en sauront pas le moindre gré ; ils ne vous connaîtront jamais. En re-vanche, quelle reconnaissance ils conserve-ront pour la jolie dame par laquelle vous ferez passer votre offrande ! elle sera une divinité pour eux.

A peine avez-vous pris un engagement dont
16*

vous vous seriez bien passé, que voici une
autre dame, tout aussi jolie que la première,
qui vient vous raconter les désastres d'un
artiste très-distingué, qui a eu plusieurs fois
les honneurs du salon, et qui se voit forcé
de mettre en loterie un tableau du plus haut
prix, et dont il tirerait très-certainement
une somme considérable, s'il pouvait attendre l'occasion de la vente. Moyennant un
billet de 10 francs, vous courez la chance
de voir figurer dans votre salon un chef-
d'œuvre que les connaisseurs y viendront
admirer de trente lieues à la ronde... Et puis
vous avez sur la figure quelque chose de
bon augure; il est certain que vous gagnerez. Vous vous laissez séduire : le tirage de
la fameuse loterie n'a pas lieu; s'il se fait,
vous perdez votre argent; et voilà encore dix
francs arrachés le plus poliment du monde
de votre bourse.

On vous entretient d'une superbe entreprise; il y a des bénéfices certains à recueillir :
c'est un journal piquant, varié, d'un nouveau
genre. Moyennant une action de cent francs,
vous avez l'inappréciable honneur d'être in-

scrit au nombre des fondateurs, et de recevoir la feuille pendant deux ans *gratis*. Vous
souscrivez, et l'on vous envoie... la *Tribune
des Départemens.*

On vous annonce la publication nouvelle
d'un ouvrage en réputation. Tout sera d'un
fini achevé, d'une correction parfaite : vous
verrez éclore un livre qui figurera merveilleusement sur les rayons de votre bibliothè-
que. Voilà le specimen, beau papier, caractères neufs; rien à payer d'avance; il ne
s'agit que d'écrire son nom au bas d'un engagement imprimé qu'on vous présente.
Vous signez. L'entreprise commence bien,
ne se soutient pas, manque; ou, si elle s'a-
chève, vous avez le plaisir de voir vendre
l'ouvrage aux non souscripteurs moitié du
prix qu'il vous a coûté.

Il est arrivé des pays lointains une chose
merveilleuse, miraculeuse, de la plus grande
rareté; elle ne sera offerte à la curiosité du
public que pendant quinze jours, et tout
Paris s'y portera. Comme étranger, vous devez être plus pressé qu'un autre; on a heureusement encore un billet qu'on peut vous

céder à 6 francs, prix coûtant. Vous vous
en saisissez bien vite, avant qu'on ne vous
le dispute, et vous courez admirer tout à
votre aise une merveille fort ordinaire, qui,
dans six mois, sera encore à la même place,
et que l'on verra pour dix sous.

Attendez-vous donc à voir, dans la meil-
leure société, mettre votre bourse à contribution de toutes les manières, et sous les
prétextes les plus édifians. Nos dames ont
une rage de bienfaisance! Il est si glorieux
pour elles de faire une récolte plus abon-
dante les unes que les autres! Comme une
bourse bien remplie, bien pesante, prouve
victorieusement la supériorité de leur mérite et de leur éloquence! Quelle belle émulation a saisi nos dames, et quel bon parti
savent en tirer pour leur profit les révérends
pères de la ruse!

Quant aux raretés, aux curiosités, aux
merveilles dont on annonce l'arrivée dans le
monde, ne vous pressez jamais, si vous pouvez attendre : il est rare que tout ce grand
fracas soit motivé sur rien de positif, et que
la chose si prônée vaille le bien exagéré

qu'on en dit ; elle séjournera toujours plus
long-temps à Paris qu'on ne le prétend. Lorsque les plus curieux seront passés , présen-
tez-vous, et vous jouirez à peu de frais, et
peut-être pour rien , d'un plaisir qui leur
aura coûté beaucoup d'argent.

~~~~~~ ~~~~~~ ~~~ ~~~~~~~~~~~~~~~~~~~~~~~

# CHAPITRE XXIX.

---

### GRATIFICATIONS. — POUR-BOIRE.

Quand on paie, dans un café ou restaurant, la dépense qu'on y a faite, il est d'usage d'ajouter à la somme que l'on donne quelques sous de gratification pour le garçon qui a fait le service. C'est un impôt peut-être un peu vexatoire, car le restaurateur et le limonadier doivent vous servir, et ne peuvent pas exiger que vous alliez chercher votre dîner à la cuisine ou votre café au laboratoire. Néanmoins, comme il est reçu, il faut s'y soumettre.

Si l'on emploie un cabriolet ou un fiacre, il est d'usage de donner au conducteur ou cocher, outre le prix de la course, deux ou trois sous *pour boire :* on a, dans ce cas, la certitude que les intentions du fondateur sont remplies, et cela console de la nécessité dans laquelle on s'est trouvé de donner.

Un commissionnaire que l'on a employé à porter des malles, un paquet, ou qui a fait un déménagement, a droit à un *pour-boire*, d'après l'usage adopté, et en sus du prix convenu.

Quand on visite un monument public, le gardien, ou celui qui en fait les honneurs et donne aux curieux les explications nécessaires, a droit à une récompense proportionnée aux peines qu'il a prises, et qu'on ne lui refuse jamais. Je ferai remarquer, à cette occasion, qu'une visite du château de Versailles finit par devenir coûteuse. Chaque appartement et presque chaque pièce vous sont montrés et expliqués par un *cicerone* à qui il revient une gratification, et qui vous renvoie, pour la suite, à un de ses camarades; celui-ci vous promène dans son département, vous y fait remarquer ce qu'il offre de curieux et d'historique, et il faut aussi payer sa complaisance : de salle en salle, de *cicerone* en *cicerone*, on arrive à

la fin de sa promenade ; et, quand elle est
finie, on trouve qu'on a dépensé une somme
assez ronde. Il ne faut donc point entreprendre cette visite tout seul ; il convient de se
réunir à d'autres curieux : un seul paie pour
toute la société ; la dépense se répartit sur
tous, et la part de chacun se trouve alors
être beaucoup moindre.

~~~~~~~~~~~~~~~~~~~~~~~~~~~~~~~~~~~~~~~~~~~~~~~~~

# CHAPITRE XXX.

---

### DES RUES DE PARIS PENDANT LA NUIT.

A PARTIR de la chute du jour, et jusqu'à une heure et deux heures du matin, des industriels de toute espèce s'emparent des rues de Paris, les exploitent à leur profit, et rentrent rarement dans leurs greniers sans avoir fait quelques bons coups.

Le quartier général de chaque troupe est ordinairement un mauvais cabaret enfumé ou quelque sale tabagie. C'est là que se tiennent les chefs principaux qui, sur un banc éclopé, dirigent les manœuvres extérieures, poussent des reconnaissances, font commencer l'attaque, envoient du renfort où besoin est, et suivant les avis qu'ils reçoivent, ordonnent la retraite, et reçoivent les bles-

17

sés et les vaincus. Le maître de la maison est ordinairement chargé de la garde du butin.

Les tirailleurs de cette armée d'une nouvelle espèce sont ces demoiselles de bonne volonté qui, le soir, arpentent le pavé, la figure barbouillée de rouge, l'haleine empestée, et relevant d'une main crasseuse une jupe souillée de fange. Si, à leur provocation, vous vous arrêtez et voulez faire le gentil autour d'elles, à leurs paroles elles joindront les gestes, et votre montre, adroitement soulevée, quittera le gousset qui la renferme, sans que vous ayez senti la plus légère secousse.

Dans un carrefour, dans la Cour-des-Fontaines ou ailleurs, vous voyez un grand cercle formé autour d'un musicien nomade qui, éclairé par quatre bouts de chandelle, enchante ses auditeurs par les accords de son violon ou d'une vielle organisée; autre part, un troubadour ambulant chante d'une voix rauque et avinée des couplets qui font rire aux éclats les amateurs du genre. Vous vous glissez dans l'un ou l'autre groupe ; un léger mouvement d'ondulation s'opère, vous vous trouvez un moment pressé ; un effort vous délivre, mais votre bourse et votre montre ont disparu. Vous avez remarqué un homme dont la figure vous est suspecte, vous l'accusez, et vous avez raison : mais votre argent et vos bijoux, passés de sa main dans celle d'un autre, sont déjà bien loin. Si vous faites du scandale, la police est là, on vous conduit chez un commissaire ; et, pour ne pas courir la chance d'un procès en diffamation, vous vous trouvez dans la nécessité de demander pardon à celui qui vient de vous voler.

Vous entendez dans une rue étroite des femmes pousser des cris, des hommes jurer, des coups retentir ; c'est une batterie. Vous courez, ou pour mettre charitablement le holà, ou simplement pour regarder : vous êtes en un moment entouré, pressé, quelquefois renversé, et toujours dépouillé de quelques bijoux ou de votre bourse. Si vous avez été jeté sur le pavé, quand vous vous êtes remis sur vos pieds, et que vous regardez autour de vous, tout a disparu : battans et battus, hommes et femmes, tous ensemble au cabaret, se réjouissent du succès de la ruse dont vous n'êtes peut-être pas la seule victime, et qu'ils vont répéter dans une heure ou deux.

Quand, en passant dans une rue déserte ou mal éclairée, vous rencontrez un homme chancelant, cherchant un appui contre la muraille, et toujours prêt à tomber sur vous, parlez-lui d'une voix ferme, menacez-le de votre canne ou d'une arme que vous n'avez pas, et vous le verrez prendre l'autre côté de la rue, chanceler encore une fois ou deux, puis marcher droit et disparaître.

Si, dans un endroit peu fréquenté, vous trouvez le long de la muraille un homme assis à terre, poussant des gémissemens, et paraissant souffrant ou blessé, gardez-vous d'en approcher : au moment que vous vous baisserez pour lui porter secours, il vous jettera deux bras nerveux autour du cou, vous tiendra comme dans un étau; deux ou trois de ses affidés tomberont sur vous, vous dépouilleront et disparaîtront avec lui, sans

que vous deviniez quel chemin la bande a
pu prendre.

La galanterie est une belle chose ; un provincial qui arrive à Paris, croit qu'il est de
son devoir d'en suivre sévèrement les lois ,
et de faire les honneurs de sa petite ville.
Cependant s'en piquer hors de propos est
quelquefois hasardeux. Voici un exemple
qui le prouve.

Un étranger qui rentrait dans son hôtel
vers l'heure de minuit, est abordé par une
jeune femme vêtue avec quelque recherche,
qui le supplie, d'une voix douce et trem-
blante, de lui servir d'escorte jusqu'à son
logement, qui n'est qu'à quelques pas de là.
Elle est désolée de s'être ainsi attardée ; elle
sort de chez une jeune femme qui vient d'ac-
coucher, et à qui elle a dû prodiguer des
secours..... Le père du nouveau-né est en
voyage, personne n'a pu reconduire l'obli-
geante amie... Elle vient de voir rôder des
gens de fort mauvaise mine.... Que faire ?
un homme, de quelque pays qu'il soit, ne
peut repousser une femme qui se met sous
sa protection. L'étranger offre son bras, on

17*

chemine ; le cavalier risque quelques dou-
ceurs auxquelles on répond avec une modestie tout-à-fait agaçante. Tout-à-coup, au
détour d'une rue, un homme d'une taille
gigantesque apparaît, et s'écrie d'une voix
de tonnerre : « Voilà donc mes doutes éclair-
» cis ; il est donc bien vrai que Madame a
» un amant. » La petite femme pousse un
cri d'effroi : « Ciel ! mon mari…, » et disparaît, en laissant son conducteur aux prises
avec un jaloux furieux qui ne veut rien entendre, et qui, dans sa fureur, n'a à la bouche que les mots de *méprisable adultère !*
*lâche suborneur !!* L'étranger veut s'éclipser :
un bras de fer le retient, le terrasse, le dépouille, et le laisse volé et meurtri sur le
pavé.

Le plus beau de l'affaire, c'est que la
petite femme si timide, si craintive, était
une vile prostituée, le mari prétendu un
souteneur de mauvais lieux, et que tous
deux, dans un bouge obscur et retiré, s'ap-
plaudissaient, un quart d'heure après, du talent qu'ils avaient l'un et l'autre déployé dans
leurs rôles, et en partageaient le produit.

Lorsque vous rentrez tard, si vous entendez pousser à vos côtés un cri sauvage et
barbare, ou prononcer un mot inconnu,
soyez sur vos gardes : vous êtes escorté d'un
voleur, qui fait connaître à ses affidés qu'il
est sur la trace d'une pièce de gibier, et les
avertit de se tenir prêts au second signal.

# CHAPITRE XXXI.

***

## FILLES PUBLIQUES.

M. Debelleyme, dont tout père de famille et tout ami des bonnes mœurs regret-
teront la sage administration, avait, comme
de la mendicité, purgé la ville de cette sale
prostitution publique qui en souillait les
rues, et qui était la source d'autant de crimes
que de scandales; mais sous le despotisme
de la congrégation, qui a besoin de dépraver
le peuple pour le conduire à sa guise, les
prostituées commencent à relever la tête, et
bientôt, comme auparavant, inonderont
depuis la chute du jour jusqu'au milieu de la
nuit, nos carrefours nos places et nos passages. Il est de mon devoir de prémunir le
provincial et l'étranger contre des dangers

qu'ils n'auraient pas courus, si le règne des dévots n'eût recommencé.

Je dirai d'abord à un homme délicat et bien élevé, combien il se dégrade en se livrant aux impures caresses d'une créature sortie des dernières classes de la société, dont elle est encore le rebut, et qui fait métier de vendre ses faveurs au premier malotru, goujat, gadouard, qui a un écu pour les payer ; combien est humiliante la pensée que l'on est auprès d'une femme le successeur d'une foule d'êtres dégradés, et pour un moment, le rival *heureux* d'un escroc, d'un mouchard, d'un forçat échappé ou libéré, en possession du titre d'amant de la belle, et co-partageant des produits de son infâme commerce.

A l'homme qui craint pour sa santé, je dirai : qu'il est impossible que dans la fréquentation des filles publiques, il ne soit pas atteint tôt ou tard d'une de ces maladies honteuses que l'on rougit d'avouer même à son médecin, qui attaquent la vie jusque dans sa source, qui sont souvent incurables, et qui laissent toujours, ou de hideuses traces sur le corps, ou dans le sang des germes empestés qui se développent et sont fécondés, pour la ruine du tempérament de l'imprudent qui s'est compromis.

A tous les deux je dirai enfin, que leur vie n'est pas plus en sûreté dans les maisons de débauche que leur bourse et leur santé. Ces honteux repaires ont pour habitans ou commensaux, tout ce que la population de Paris compte d'êtres immoraux et criminels. S'ils trouvent l'occasion de commettre secrètement un assassinat, pour s'approprier les dépouilles d'une victime qui leur paraît opulente, ils n'hésiteront pas à s'en rendre coupables. Combien de provinciaux et d'étrangers venus à Paris, dont leurs familles n'ont jamais entendu parler depuis, et qui ont disparu dans ces repaires d'assassins.

Je n'enseignerai point à l'étranger quelles précautions il doit prendre pour les fréquenter avec sécurité. Je n'ai pas entrepris mon livre pour aider à la débauche, et fournir les moyens de s'y livrer sans rien craindre. Je dirai à tous ceux qui voudront m'entendre : « Fuyez-les prostituées, fuyez-les comme la

peste. » Lord Chesterfield écrivait à son fils :
« Si vous vous rencontrez dans une rue en-
» tre une prostituée et un tas d'ordures, et
» qu'il faille avoir contact avec l'un ou l'au-
» tre, précipitez-vous dans la fange ; un peu
» d'eau rendra à vos vêtemens la propreté
» qu'ils avaient auparavant, mais rien n'en-
» levera la souillure qu'aura imprimée sur
» vous le contact du vice. »

Le sujet de ce chapitre est donc de prémunir l'étranger contre les piéges que lui tend
à chaque pas la débauche.

Dans un pays où personne ne paraît sous
ses traits véritables, et ou chacun se fait en
sortant une figure dont il aura changé deux
ou trois fois avant de rentrer chez lui, il n'est
point étonnant que la prostitution prenne
toutes sortes de formes ; il faut donc se défier de tous les côtés. Ainsi lecteur :

Cette jeune femme en costume de veuve,
que vous voyez assise à l'ombre des marron-
niers touffus des Tuileries, regardant avec
un œil qui semble caressant, ce jeune enfant qui joue auprès d'elle, n'est point une
mère : fuyez-là, c'est une prostituée.

Cette jeune fille qui marche à pas comptés et sans lever les yeux, pendue au bras d'une femme âgée que vous croyez sa mère, est une prostituée, et sa compagne une prostituée retirée du service, qui la style aux ruses de son odieux métier.

Cette paysanne en bonnet à la cauchoise, en jupe de bure, qui paraît si niaise, si sotte, qui s'étonne d'un air si naturel de tout ce qu'elle voit : vous faites le pari qu'elle sort de son village ; elle sort d'une maison de débauche, et c'est la plus artificieuse et la plus dangereuse de nos courtisanes.

Cette soubrette à l'air mutin, éveillé, qui, les deux mains dans les poches d'un tablier de batiste plus blanc que la neige, trotte en souriant à droite et à gauche, n'a pas d'autre maîtresse que la lubricité publique, et pour un écu vous l'aurez à votre disposition.

Cette grisette qui, à la chute du jour, descend la rue Saint-Denis, un panier au bras, et paraît revenir de son travail, suivez-là, elle vous conduira dans quelque sale repaire de la rue Guérin-Boisseau, où elle amène l'un après l'autre tous les débauchés qu'elle recrute dans la soirée.

Je ne finirais pas si je voulais reproduire toutes les formes que prend la prostitution à Paris ; je vous dirai seulement :

Si vous respectez votre dignité, votre santé ; si vous craignez les reproches de votre conscience, et si vous n'êtes pas sûr de vous, ne fréquentez point les bals publics dans lesquels on entre à prix d'argent, ils ne sont peuplés que de filles publiques.

Si vous êtes arrêté dans la rue par une coureuse, éloignez-vous et repoussez-la sans brutalité, en veillant sur votre montre. Je vous ai déjà dit combien ces dames avaient de subtilité dans les doigts.

Vous me reprocherez d'être bien sévère et de vous imposer des privations pénibles à supporter. Eh ! Messieurs, ces privations, vous les imposez vous-mêmes à des êtres qui, comme vous, ont des sens, et des sens qui parlent quelquefois un langage plus énergique encore que les vôtres. Vous avez laissé dans vos provinces, des femmes, des maîtresses, et vous entendez bien qu'elles vous

18

soient fidèles. Elles le seront , quelques com-
bats qu'elles aient à supporter. Pour les payer
de tant d'amour, pour les dédommager des
ennuis que leur a causés votre absence,
partez, Messieurs, allez les infecter du poison
que vous avez recueilli dans les lieux de
débauche de Paris ; allez donner naissance
à des enfans dont la faiblesse, la débilité, le
rachitisme, seront les preuves vivantes de
l'incontinence et des désordres de leurs pères.

~~~~~~~~~~~~~~~~~~~~~~~~~~~~~~~~~~~~~~~~~~~~~~~~~~~~~~~~~~~~~

# CHAPITRE XXXII.

---

## DU VOL ET DES VOLEURS.

Si on veut définir le vol d'après les lois de la mécanique, on peut le considérer comme l'application de la faculté locomative à un objet matériel quelconque. Voler, ou autrement transporter d'un lieu dans un autre de l'argent, des bijoux, des hardes, est une opération de mécanique tout entière. Le voleur est la force ou le levier, son adresse et son talent sont le point d'appui, et les précautions que l'on prend contre son savoir-faire sont la résistance. Or, c'est à vaincre cette résistance que s'appliquent tous les efforts d'une foule de mécaniciens d'une espèce particulière.

Je ne prétends pas expliquer ici toutes les
manières dont on peut être volé à Paris ; j'en
ai déjà indiqué quelques-unes par occasion
dans les chapitres précédens. Je ne puis dé-
signer par leurs noms de guerre toutes les
classes de voleurs dont la capitale abonde.
Il en est plusieurs qui ne menacent que les
domiciliés, et celles-là ne sont pas de mon
ressort ; je ne dois m'occuper que des catégories qui sont liguées contre le provincial
et l'étranger, et qui couchent en joue sa malle,
sa bourse ou sa montre.

Paris est le paradis terrestre des voleurs.
Veut-on savoir pourquoi ? L'homme que l'a-
mour du bien public a mis si long-temps à
leurs trousses, qui leur inspirait une terreur
si profonde et si salutaire, l'homme qui ne
croyait par déroger à sa dignité en s'enrô-
lant sous leurs drapeaux, en parlant leur
langage, portant leurs livrées, partageant
leurs exploits, le grand Vidocq, enfin, va nous
l'apprendre.

« Au sein d'une petite ville, un voleur est
tout à fait déplacé ; c'est la poule qui n'a

qu'un poussin : il est là exactement comme le poisson dans l'huile, comme le poisson dans la friture : ce n'est pas son élément. Il y a trop de calme dans une petite ville, trop de tranquillité ; la circulation est trop régulière, trop limpide ; mieux vaut beaucoup de tumulte, de la confusion, du frottement, des embarras, du désordre et un fluide sujet à se troubler. Tous ces avantages, c'est à Paris qu'ils sont rassemblés, dans l'exigu, mais bien rempli département de la Seine, dans un périmètre de cinq à six lieues, sur un espace qui suffirait à peine à l'établissement du parc d'un grand seigneur. Paris est un point sur le globe ; mais ce point est un cloaque : A ce point aboutissent tous les égouts ; sur ce point tourbillonnent, passent, repassent, se croisent et s'entrecroisent des miryades de propriétaires de la vie par excellence. Le voleur parisien est habitué à cette cohue ; hors de là il nage dans le vide, et son habileté expire. Il le sait bien, et la preuve, c'est que, parvient-il à s'évader du bagne, c'est toujours sur la capitale qu'il se dirige à tire-

18*

d'aile ; il ne tardera pas à être repris , que lui importe ? Il aura encore une fois *travaillé* à sa guise. »

Un voleur achevé, et qui peut être considéré comme le beau idéal du genre, n'est point un être ordinaire, et son enfantement a coûté plus d'un effort à la nature. Il possède un corps de fer et une âme de bronze ; il unit la force à la souplesse, la vigueur à l'agilité ; toutes ses facultés physiques sont montées au plus haut degré de perfection et d'énergie. Une vue perçante et sûre lui fait démêler du premier coup, entre mille, un objet ou un homme, ou le lui fait découvrir à quatre lieues de distance; une ouïe de la plus grande subtilité lui permet d'entendre à la fois tout autour de lui, et un odorat d'une finesse étonnante reçoit et reconnait à une distance inconcevable les émanations qui s'échappent du corps d'un gendarme, d'un agent de police et des autres ennemis de son active industrie. Excellent physionomiste, il reconnaît à l'air de satisfaction et de contentement de lui-même, qui s'épanouit sur son visage, l'homme dont le gousset est bien garni ; et à l'air souffreteux et humilié qui attriste sa figure, le pauvre diable qui n'a rien. Il ne commet point de méprise : sous des vêtemens communs, et dans les traits d'une ignoble physionomie, il devine l'âpre et pécunieux prêteur sur gages ou le capitaliste opulent.

On demande si un corps peut-être en plusieurs endroits à la fois, le parfait voleur a résolu le problème. Son jarret infatigable le transporte en un instant à de très-grandes distances. Vous le voyez le matin, frais et reposé comme un homme qui a bien dormi ; il a quelquefois fait à pied trente lieues dans la nuit. Il se met en évidence, pour se ménager un *alibi;* cette nuit il fera trente lieues encore, et vous le reverrez demain matin.

Quant aux qualités intérieures qu'il possède, elles sont innombrables. Prompt à saisir l'occasion, il fera son coup, et disparaîtra avant que vous ne l'ayez aperçu ; adroit à la faire naître, il vous circonviendra, vous entourera, vous enlacera, et vous amènera malgré vous dans le piége qu'il vous a tendu, et que vous soupçonnez peut-être ; patient à l'attendre, il vous suivra un an, deux ans, et tombera brusquement sur vous quand le moment opportun sera venu. Il est sobre ou dissolu par calcul, chaste ou débauché, selon qu'un vice ou une vertu entrent dans ses moyens d'exécution. Doué d'une persévérance diabolique, il ne perdra jamais de vue le but qu'il se propose; et, pour l'atteindre, changera vingt fois dans un jour de nation, de langage, de vêtemens, de profession, d'humeur et de visage.

Je dois convenir, il est vrai, qu'un tel sujet est rare, et que les voleurs même les plus renommés n'ont eu que le mérite d'approcher plus ou moins du modèle que je viens d'exposer à vos yeux. Mais pour être redoutable, et pouvoir figurer un jour honorablement sur les bancs de la cour d'assises, il n'est pas nécessaire de réunir tous les talens, et de se distinguer d'une manière brillante dans tous les genres. Il suffit d'adopter une partie, de la bien cultiver et de s'y tenir. C'est ce qui se fait communément, et ce qui classe les voleurs en différentes catégories, désignées par diverses appellations. Je vais faire connaître au voyageur celles qui le menacent le plus particulièrement, et contre lesquelles il doit toujours être en garde.

# CHAPITRE XXXIII.

VOL AU BONJOUR. — BONJOURIERS.

*Les voleurs au bonjour, donneurs de bonjour,* ou *bonjouriers,* sont ceux qui, s'étant introduits dans un appartement, enlèvent le premier objet qui leur tombe sous la main, et disparaissent avant qu'on ne les ait aperçus. Les paniers d'argenterie, les montres et bijoux qu'on a coutume de placer sur les cheminées, les flambeaux, et même les pendules, sont les objets particuliers de leur convoitise.

Les bonjouriers, dits aussi *chevaliers grim-pans,* se divisent en plusieurs classes; il en est une qui exploite plus particulièrement les hôtels garnis. Voici, selon Vidocq, comment opèrent ceux qui se livrent à cette branche de l'industrie des bonjouriers.

« Les individus dont se compose cette va-
riété sont sur pied dès l'aurore. Leur adresse
pour déjouer la vigilance des portiers est inconcevable : ils montent tantôt sous un prétexte, tantôt sous un autre, font la revue des
carrés, et, s'ils trouvent des clefs sur les por-
tes, ce qui est assez ordinaire, il les font
tourner avec le moins de bruit possible. Une
fois dans la chambre, si le locataire dort,
c'en est fait de sa bourse, de sa montre, de
ses bijoux, de tout ce qu'il possède enfin de
précieux ; s'il s'éveille, le visiteur a une ex-
cuse toute prête : «Mille pardons, Monsieur;
» je croyais être au numéro 13. N'est-ce pas
» Monsieur qui a demandé un bottier, un
» tailleur, un coiffeur..., etc.? » Les juifs et
quelques femmes qui ne sont pas toutes is-
raélites, sont principalement en possession
d'exercer cette industrie. Plus d'un voyageur
détroussé par eux pendant son sommeil, est
resté avec la seule chemise qu'il avait sur le
dos. »

On appelle les voleurs de cette classe *bonjouriers donneurs de bonjour*, parce que si,
par hasard, ils vous trouvent levés quand

ils se sont introduits dans votre chambre,
ils ne perdent pas contenance, et vous abor-
dent avec un air gracieux ; ils vous disent :
« Bonjour, Monsieur; n'est-ce pas à Monsieur
» un tel que j'ai l'honneur de parler?» Vous
répondez non ; ils se retirent en vous de-
mandant pardon avec la plus exquise politesse , et en disant : « Je me suis trompé de
» numéro ; c'est sans doute ici à côté, au-
» dessus..., etc.; » et ils ferment la porte en
vous saluant profondément.

En général , tout étranger logé en hôtel
garni, et toute personne domiciliée , doit se
défier de celui qui s'introduit doucement chez
lui, et sans avoir préalablement frappé ou
sonné pour avertir, lors même qu'il trouve
la clef à la porte.

~~~~~~~~~~~~~~~~~~~~~~~~~~~~~~~~~~~~~~~~~~~~~

# CHAPITRE XXXIV.

---

### DES FLANEURS.

Voici comment, d'après Vidocq, procè-
dent les voleurs désignés sous ce nom : car
c'est toujours à ce grand homme qu'il faut
recourir, quand on veut obtenir des renseignemens positifs sur cette partie de la population industrielle de la capitale.

« Il est dans Paris des individus que l'on
voit du matin au soir sur la voie publique ;
ce sont des promeneurs sans but déterminé ;
cependant, ils se tiennent habituellement
dans les rues principales ; on les rencontre
aussi très-souvent dans les lieux de réunion
publique ; tels que les Tuileries, le Palais-
Royal, le Jardin-des-Plantes, celui de Luxem-

19

bourg, le Louvre, le Carrousel ou la place Vendôme, à l'heure de la parade, les galeries du Musée, enfin, partout où il y a le plus grand nombre d'étrangers et de provinciaux.

» Les flaneurs, dont je parle, sont toujours vêtus, sinon avec élégance, du moins avec propreté; on les prendrait pour des négocians, ou tout au moins pour des voyageurs du commerce. Ces messieurs sont associés par trois; l'un d'eux marche en avant, et s'il aperçoit un étranger ( avec un peu de tact, un étranger se reconnaît à la première vue), il l'accoste en le priant de lui indiquer une rue qu'il a soin de choisir dans les environs du quartier où il se trouve.

L'étranger ne manque pas de répondre qu'il n'est pas de Paris; alors le filou, saisissant la balle au bond, lui dit : « Ni moi » non plus, il y a même fort long-temps » que je ne suis venu dans la capitale, et je » suis tout désorienté par la multitude de » changemens qui s'y sont opérés. » Arrivé au coin d'une rue, le désorienté en lit l'écriteau. « Ah! s'écrie-t-il, c'est ici telle rue, » je me reconnais à présent. » Tout en cheminant à côté de l'étranger, il engage la conversation sur ce qu'il y a de curieux à voir dans le moment; tantôt c'est le Garde-Meuble, tantôt ce sont les appartemens du roi; une autre fois ce sont des tableaux ou des expériences intéressantes : dans un temps c'était le costume du sacre de Napoléon; plus tard, la layette du roi de Rome; plus tard encore, c'était celle du duc de Bordeaux; c'étaient aussi les Osages, la Girafe, l'ambassadeur d'Alger; ce sont peut-être les Chinois. Enfin, que ce soit pour une chose ou une autre, le flaneur va chercher un billet pour la voir, et ce billet, étant pour deux personnes, il offre à l'étranger de l'y faire participer. C'est ou un officier des gardes, ou un employé du château, ou un personnage considérable quelconque, qui lui a promis ce billet, et il doit le joindre dans un café des environs, où il lui a donné rendez-vous. Il engage, en conséquence, l'étranger à y venir avec lui. Si l'étranger consent à l'accompagner, à un signal convenu, les deux affidés qui forment l'arrière-garde, prennent les devants. Le café n'est pas loin,

l'étranger y arrive avec son conducteur :
celui-ci s'approche du comptoir, comme
pour s'informer si la personne qu'il attend
est venue, et, tandis qu'il est censé prendre le
renseignement, il invite l'étranger à monter
au billard ; l'instant après, il y monte aussi,
et annonce que la personne ne tardera pas
à venir. « En attendant, dit-il, je de-
manderai la permission de vous offrir un
petit verre.» Le petit verre est accepté, et l'on
regarde jouer au billard. L'un des joueurs
fait un racroc, le *cicerone* le fait remarquer
à l'étranger ; la partie se continue, et des
coups baroques se présentent à chaque instant. Le joueur qui doit gagner fait la bête ;
il se soucie de gagner, dit-il, comme de perdre, l'héritage de son oncle fera face à tout ;
d'ailleurs, quand il n'y en a plus, il y en a
encore ; et il débite ces propos en faisant
sonner les écus qu'il a dans sa poche. Un
coup singulier se présente, il s'engage un
pari ; le *cicerone* prend parti, il amène l'é-
tranger à prendre parti avec lui, et si ce
dernier a la faiblesse de mettre au jeu, son
argent est flambé.

L'étranger ne se borne pas toujours à parier ; quelquefois, saisissant la queue, il
veut se mesurer contre celui qui a l'air d'une
mazette ; il se pique de le gagner, et plus il
se pique, plus il est certain d'être plumé :
le prétendu maladroit fait tant de racrocs,
tant de racrocs, qu'il sort victorieux de la
lutte. Je connais des personnes qui, dans
de tels assauts, ont perdu jusqu'à trois et
quatre mille francs.

~~~~~~~~~~~~~~~~~~~~~~~~~~~~~~~~~~~~~~~~~~~~~~~~~~~~~~~

# CHAPITRE XXXV.

---

## LES GRÈCES.

LES grèces sont perpétuellement en voyage, soit à pied, soit en voiture, pour chercher des victimes. Ils s'associent ordinairement au nombre de deux, parcourent les routes chacun en particulier, et quelquefois un seul se met en chasse, et l'autre l'attend au quartier général.

Quand le grèce, chargé de rabattre le gibier, a rencontré un *pigeon* qu'il juge bon et facile à plumer, il s'y attache et ne le quitte plus. Il va loger dans le même hôtel que lui, s'empresse de lui rendre mille petits services, lui donne des renseignemens, l'aide à placer les marchandises qu'il peut avoir amenées à Paris, et quand il sait qu'il en a touché le montant, en donne avis à son affidé, qui s'occupe des moyens de le faire passer dans la caisse de la société.

Pour cela, le grèce engage, sous un prétexte quelconque, le pigeon à sortir avec lui ; à peine ont-ils fait quelques pas dans la rue, qu'ils sont accostés par un homme que son baragouin leur apprend être un étranger. et qui, à grand'peine, parvient à faire comprendre qu'il demande le Palais-Royal. Le grèce s'informe de ce qu'il y va faire ; l'étranger montre alors des quadruples ou un napoléon de quarante francs de l'ancien royaume d'Italie, et dit qu'il désire les échanger contre de l'argent blanc. Il débite à l'appui un conte qui est presque toujours le même, et dont voici la substance : Il est Anglais, Allemand, Russe, n'importe ; il a été amené en France par un monsieur fort riche, dont il était le domestique, et qui lui a laissé, en mourant, une grande quantité de ces pièces dont il ne connaît pas la valeur : tout ce qu'il sait, c'est que quand il en change une, on lui en donne six blanches. Pour marquer quelles sont ces pièces, il

montre une pièce de cinq francs. Le grèce
tire aussitôt de sa poche six pièces de cent
sous, les presente au prétendu domestique,
qui lui en donne une de quarante francs,
paraît fort content de son marché, et donne
à entendre qu'il voudrait bien pouvoir échanger de la même manière beaucoup d'autres
pièces d'or dont il est porteur, et montre
un étui fermant à clé qui en contient une
centaine.

On ne peut parler argent dans le milieu
de la rue, et faire le change en plein vent;
on entre dans un cabaret. Le grèce prend le
pigeon en particulier et lui remontre quelle
belle affaire le hasard leur présente. « En
» vérité, dit-il, je me fais scrupule de trom-
» per ce pauvre diable d'étranger ; mais si je
» ne le fais pas, un changeur le fera : autant
» que ce soit moi qui profite du bénéfice.
» Et puis, ce domestique a probablement
» volé le magot de son maître ; ces pièces
» ne lui coûtent pas cher, j'en suis sûr. Puis-
» que la fortune m'offre une part dans la
» succession de l'étranger, je l'accepte. » Le
pigeon, échauffé par un bénéfice de dix francs

par pièce, demande à être admis au nombre des héritiers du défunt. Le grèce consent à traiter l'affaire de compte à demi avec lui, mais ajoute : « Avant de rien conclure, je » crois qu'il serait bien de faire vérifier les » pièces par un changeur, pour nous assurer » qu'elles ne sont pas fausses. »

Le pigeon trouve la précaution prudente. Il prend une pièce au hasard, revient avec quarante francs qu'il a reçus en échange et ne doute plus de la bonté de son opération. Il s'empresse de livrer tout ce qu'il a sur lui d'argent blanc. S'il n'est pas loin de son hôtel, il va y chercher celui qu'il peut y avoir laissé; s'il a du crédit quelque part, il en fait usage pour emprunter. L'échange se consomme; on compte les pièces d'or, on les met devant lui dans l'étui, que l'on ferme à clef. Par un escamotage habile, le faux domestique substitue à l'étui qui contient le précieux métal, un autre étui parfaitement semblable, qui ne renferme que du cuivre ou du plomb de chasse. Après ce tour de passe-passe, il lui importe de s'esquiver le plus promptement possible. Il dit

que, puisqu'on a vérifié son or, il veut faire
vérifier par le maître de la maison l'argent
qu'on lui a donné en échange. Cette demande est trouvée toute naturelle ; le pigeon, qui tient en sa possession le précieux
étui, voit sans inquiétude emporter ses pièces de cinq francs, et, comme quelquefois
il n'a pu s'en procurer pour toute la valeur de l'or qu'on lui laisse en garantie, il
désire secrètement que le domestique ne re-
vienne pas.

Cinq minutes, dix minutes, un quart
d'heure se passent, et le domestique ne re-
paraît pas. Le grèce s'en étonne : « Diable !
» dit-il, notre homme est un peu long ; est-
» ce qu'il fait vérifier les pièces de cinq
» francs les unes après les autres ? Au reste,
» à son aise, si cela l'amuse : l'étui que voilà
» répond de tout. » Quelques instans se passent encore, et le grèce, qui feint de s'im-
patienter, se lève, en disant : « Je vais voir
» s'il en finira bientôt. » Il sort, toujours en
laissant le pigeon avec son bienheureux étui,
et va rejoindre son compagnon au quartier
général, pour partager le fruit de leur com-

mune adresse. Quant au malheureux et cupide étranger, qui ne soupçonne encore rien,
il attend dix minutes, vingt minutes, une
demi-heure, une heure; il s'impatiente à
son tour, conçoit des soupçons; viennent
enfin les grandes alarmes : il ouvre l'étui ou
le fait ouvrir, s'il est fermé à clef ou à secret, et n'y trouve que des sous et du plomb
de chasse.

Quelquefois le pigeon ne se laisse pas plumer aussi facilement, et paraît un peu dé-
fiant; alors les deux fripons emploient une
tactique un peu différente. Celui qui a pré-
paré le piége prend l'étui des mains de l'autre, et, le remettant entre les mains du particulier, lui dit : « Je vous conseille d'aller
» chez un changeur faire vérifier les pièces
» d'or : je vais rester ici à veiller sur votre
» argent, jusqu'à ce que vous soyez de re-
» tour. » Le pigeon sort; les deux filous s'é-
chappent sur ses pas, et disparaissent. Arrivé chez le changeur, le nigaud apprend
toute l'étendue de son malheur.

Quelquefois encore, et toujours après avoir

remis l'étui entre les mains du pigeon, l'affidé sort avec lui pour le conduire chez un
changeur. Quand il a fait quelques pas, et
qu'il suppose que le faux domestique a eu
le temps de s'évader du cabaret, il s'écrie,
comme frappé d'une inspiration subite : « Et
» la clef de l'étui, l'avez-vous ? — Non, ré-
» pond l'autre. — Attendez-moi là : je vais
» la chercher ; » ou bien : « Courez vite la
» demander ; je vous attends. » De quelque
manière que s'opère la séparation, le filou
demeuré seul s'éclipse aussitôt. Quand, par
hasard, le pigeon ne veut pas le quitter, il le
promène jusqu'à ce qu'il trouve une occasion de le perdre dans un carrefour ou un
passage.

Quelquefois, au lieu d'un étui, les grèces
se servent d'une boîte en fer-blanc, ou d'un
petit sac de cuir avec un cadenas à la fer-
meture. De là vient que l'on nomme leur
industrie *vol au sac* ou *vol au pot*. Comme
ce vol, quoique souvent signalé dans les papiers publics, et facile à deviner, se renou-
velle assez fréquemment, et sous des formes

presque toujours les mêmes. On peut voir, dans la *Gazette des Tribunaux* du 13 août 1829, comment deux habiles escrocs dépouillèrent, d'une somme de 42,500 fr., un honnête et crédule habitant de Moulins, qui n'obtint d'autre satisfaction plus tard, que celle de faire constater par jugement le vol hardi dont il avait été victime.

Malgré tout leur savoir faire, les honnêtes gens dont nous nous occupons, manquent par fois leur coup. Un soupçon, le hasard fait échouer les calculs les plus savans ; voici un exemple d'une de leurs mésaventures.

En mars 1826, le libraire L. T., condamné, pour délit politique, à un mois d'emprisonnement, fut enfermé à Saint-Pélagie, avec des auteurs, des journalistes, des filous, des voleurs, des assassins, etc., tous gens de même farine aux yeux d'une police qui, par-dessus toutes choses, possède le talent de savoir classer les délits et distinguer les hommes. Les auteurs firent à L. T. une réputation de richesse qu'il mérite, au moins relativement à eux, car s'il ne paie guère

20

les manuscrits, il les paie très-exactement.
Les voleurs donnèrent au-dehors avis de
leur découverte, et les affidés guettèrent la
sortie de celui qu'on leur désignait pour victime.

L. T. était en liberté depuis huit jours,
lorsqu'un individu s'annonçant comme le
domestique d'un riche étranger se présente
chez lui, et le prie de se charger de quelques ouvrages nouveaux, pour les montrer
à son maître qui veut acheter des livres.
L. T. prend plusieurs volumes et se met en
route avec le domestique prétendu.

On chemine du côté des boulevarts, et
on arrive rue du Helder. Là on fait rencontre *par hasard*, d'un homme qui, avec l'accent allemand, demande au domestique,
s'il ne pourrait pas lui indiquer où sont les
curiosités dont il est fait mention sur un papier qu'il lui présente, et s'il ne serait pas
possible d'avoir pour conducteur un petit
garçon à qui il donnerait une pièce comme
celle qu'il montre, et il fait briller aux
yeux de L. T. une pièce de 40 francs. Le
domestique répond que cela est facile. L'é-

tranger tire alors de sa poche un rouleau assez gros, en disant qu'il a hérité de son maître qui a fait *capout*, d'une assez grande quantité de pièces d'or, et qu'il voudrait les échanger contre des pièces blanches. Le domestique invite sur-le-champ L. T. à faire, de compte à demi avec lui, l'échange que propose l'étranger, et dit, « moi, j'ai chez » un de mes amis, un billet de 500 francs » que je puis prendre tout de suite, voyez » ce que vous avez d'argent? Autant et même » mieux vaut que ce soit nous qui profitions » du bénifice qui se présente, qu'un changeur » à qui cet étranger peut se présenter.» L. T. dit qu'il a 500 francs en espèces chez lui, et on convient que l'on échangera pour 1,000 francs de pièces de 40 francs.

L'étranger prie qu'on le conduise quelque part où il puisse déjeuner, car il est encore à jeun, et il remet au domestique prétendu une pièce d'or pour payer la dépense. Le domestique, toujours accompagné de L. T., le mène chez un traiteur et le fait servir. L'étranger reconnaissant invite ses deux compagnons ; on met trois couverts, on déjeune gaîment, on boit à la santé du maître qui a fait *capout*, et dont on possède l'héritage. Pendant le cours du déjeuner, le domestique dit à L. T. « Restez un moment » avec ce brave homme, je vais ici à côté » chercher mon billet de 500 francs, et faire » vérifier l'or qu'on nous offre à échanger; » nous ne savons pas avec qui nous traitons, » et il ne faut pas nous faire enfoncer. » L. T. trouve la précaution bonne à prendre. Le domestique sort, puis revient en disant que l'or est de bon aloi, et il dépose sur la table un billet de 500 francs vrai ou faux. Il fallait que L. T. se procurât son argent. Comme il a son magasin au Palais-Royal, on trouva convenable de se rapprocher de ce quartier. Le domestique paie, avec l'argent de l'étranger, le déjeuner que l'on vient de faire; on entre dans un café du Palais-Royal, on prend la demi-tasse et le petit verre, que l'argent de l'Allemand paie encore; enfin L. T. songe à se procurer l'argent qu'il doit fournir à la masse commune pour consommer l'échange.

Le faux domestique, craignant que le li-

braire ne se ravise et lui échappe, ne veut
pas le lâcher. Il laisse l'étranger au café
avec les livres dont L. T. s'était chargé, accompagne celui-ci, qui prend 500 fr. dans
son comptoir et retourne sur ses pas. Revenu au café, L. T. ne retrouve plus son
étranger, il conçoit quelques craintes pour
ses livres, mais en cherchant autour de lui,
il voit son homme qui regarde, avec une
admiration niaise, le superbe bâtiment de
la Bourse. On le joint, et on entre chez un
marchand de vin de la rue de Richelieu,
pour en terminer enfin.

Jusque là tout marchait bien, et nos deux
fripons touchaient au succès ; mais trop
d'avidité les perdit. Jugeant qu'un coup de
filet de 500 francs n'était pas digne d'eux,
et voyant L. T. de bonne composition, le
faux domestique lui dit : Il restera encore à
cet étranger un assez bon nombre de pièces
de 40 francs, son rouleau vaut plus de 1,000
francs. Si vous pouviez trouver par emprunt
quelques centaines de francs, que vous ren-
driez dans une heure, vous échangeriez un
plus grand nombre de pièces, et feriez un

bénéfice bien plus beau, L. T. en convint.
L'espoir du filou en disant cela, était peut-
être aussi que L. T. laisserait son sac de 500
francs à la garde des deux associés, et cour-
rait chercher d'autre argent, ce qui amène-
rait une perte de temps pendant laquelle les
escrocs disparaîtraient. Il n'en fut point ainsi.
L. T. reprit son sac et revint au Palais-Royal,
toujours accompagné du faux domestique,
qui ne quittait pas l'argent des yeux. Ces
allées, ces venues inspirèrent enfin des soupçons à L. T. ; il dit à son compagnon qu'il
ne voulait plus faire l'échange qu'on lui pro-
posait ; que l'étranger prétendu lui était suspect, qu'il le croyait un fripon ; et, malgré
les observations du domestique, qui cherchait à ranimer sa confiance, il remit les
500 francs dans son comptoir.

Le domestique, ou plutôt le frippon qui en
jouait le rôle, désappointé comme on peut
le croire, dit alors à L. T. que puisque les
choses se terminaient ainsi, il ne le mènerait
pas chez son maître pour présenter les livres
qu'il demandait, et sortit brusquement.
L. T. raconta à des voisins ce qui venait de lui

arriver. On lui fit connaître le danger qu'il avait couru, et on l'engagea à faire arrêter les deux aventuriers. Il se rendit chez le marchand de vin de la rue de Richelieu, où il avait laissé l'étranger supposé, mais il avait disparu sans avoir pu, faute d'argent, payer entièrement une bouteille qu'il avait bue.

Depuis cette aventure, L. T. rencontra dans la rue Dauphine, en la compagnie d'un voleur qui était sorti quinze jours avant lui de Sainte-Pélagie, où il habitait le même corridor, l'escroc qui avait joué le rôle de l'étranger et servait de second à celui qui était venu lui tendre le piége auquel il avait si heureusement échappé.

~~~~~~~~~~~~~~~~~~~~~~~~~~~~~~~~~~~~~~~~~~~~~~~~~~~~~

# CHAPITRE XXXVI.

---

## LES RAMASTIQUES. — ANECDOTE.

Les ramastiques s'associent au nombre de
trois, et, après s'être distribué leurs rôles,
vont, dès le point du jour, se placer en vé-
dette sur la route, dans le voisinage de quelque barrière, et là examinent avec soin les
allans et les venans, jusqu'à ce qu'ils aient
trouvé parmi eux un de ces individus dont
la physionomie et le costume trahissent l'excessive simplicité. « C'est, dit Vidocq, de qui
j'emprunte ce chapitre, c'est un nigaud crédule qu'il leur faut : paysan ou non, un
provincial, soit qu'il arrive, soit qu'il parte,
fait toujours merveilleusement leur affaire,
pourvu toutefois qu'il ne manque pas d'ar-

gent. Ont-ils aperçu cet inconnu si désiré ?
l'un d'eux, ordinairement le plus insinuant
des trois, l'accoste, et lui décoche adroitement une demi-douzaine de ces questions
dont la réponse révèle indirectement à l'in-
terrogateur la situation financière de l'inter-
rogé. Le renseignement obtenu, un signal
fait connaître s'il est favorable ; alors un second filou qui a pris les devans laisse tomber une boîte, une bourse, un paquet, de
telle façon que l'étranger ne puisse faire
autrement de remarquer l'objet, quel qu'il
soit. Il le remarque en effet ; mais, au moment où il se baisse pour le ramasser, la
nouvelle connaissance s'écrie : *Part à deux !*
On s'arrête pour voir en quoi consiste la trouvaille : c'est ordinairement un bijou précieux,
une bague richement montée, des boutons
en brillans, des pendeloques, etc. Un écrit
accompagne le joyau : que signifie cet écrit ?
Presque toujours le nigaud ne sait pas lire :
on se doute bien que le compère ne le sait
pas non plus. Cependant le papier peut donner des lumières utiles…. ; il importe d'en
connaître le contenu : mais à qui s'adresser ?

on craint de commettre une indiscrétion. En attendant, on continue de marcher, et tout-à-coup, au coin d'une rue, on voit un homme occupé de lire les affiches : on ne saurait être servi plus à point par le hasard : « Parbleu! dit le compère, nous ne pouvions » pas mieux rencontrer; voici un Monsieur » qui va nous tirer d'embarras : montrons- » lui ce papier, il nous dira ce que c'est : » mais surtout gardez-vous bien de lui par- » ler de l'objet, car il serait capable d'en » vouloir sa part. » L'étranger est enchanté, il promet d'être prudent, et l'on va droit au lecteur, qui se prête de bonne grâce au ser- vice que l'on réclame de lui ; il lit : « Mon- » sieur, je vous envoie votre bague en bril- » lans recoupés, pour laquelle votre domes- » tique m'a payé deux mille sept cent vingt- » cinq francs, dont quittance. »

BRISEBARD, bijoutier.

Deux mille sept cent vingt-cinq francs! Que l'on juge si l'énoncé de cette somme, dont la moitié va lui revenir, sonne dé- licieusement à l'oreille du rustre. L'obli-

geant lecteur, qui est le troisième affidé,
n'a pas manqué de s'appesantir sur le nombre qu'expriment les chiffres ; on le remercie de sa complaisance, et l'on s'éloigne.
Maintenant il s'agit de prendre une détermi-
nation au sujet du bijou : le rendra-t-on ?
Ma foi non ; s'il appartenait à un pauvre
diable, à la bonne heure : mais qui peut
acheter des diamans, si ce n'est un richard ?...
Et, pour un richard, qu'est-ce que deux
mille sept cent vingt-cinq francs ? une bagatelle qu'il a moyen de perdre..... Puisqu'on
ne rendra pas, il est évident que l'on gardera...; c'est-à-dire que l'on réalisera en espèces..... Mais où réaliser ? chez un bijoutier : le propriétaire de la bague a peut-être
déjà fait circuler des avis ; et puis il est des
bijoutiers si ridicules! Ce qu'il y a de mieux
à faire, c'est de ne vendre que dans quelque
temps... Le rustre comprend parfaitement
toutes ces raisons..... S'il y avait possibilité,
on partagerait sur-le-champ, et l'on se quit-
terait bons amis...; mais le partage est impossible ; et chacun a besoin d'aller à ses
affaires. Véritablement la situation commence

à devenir inquiétante ; de part et d'autre,
on se frotte la tête pour avoir des idées : « Si
» j'avais de l'argent, dit le ramastique, je
» vous en donnerais volontiers ; mais je n'ai
» pas le sou. — Que faire ? » Il paraît réflé-
chir un instant : « Ecoutez, répond-il. Vous
» m'avez l'air d'un brave et digne homme,
» je m'en rapporte à vous : faites-moi une
» avance de quelques centaines de francs,
» et, quand vous vendrez l'objet, vous me
» remettrez le surplus ; il est bien entendu
« que vous retiendrez l'intérêt de la somme
» que vous m'aurez avancée. Par exemple,
» vous me laisserez votre adresse. » Rarement une proposition de cette espèce n'est
pas agréée. Le rustre, séduit par l'appât
d'un gain dont il cache l'arrière pensée, vide
sa bourse avec plaisir… : si elle n'est pas suf-
fisamment garnie, il n'hésite pas à se dé-
faire de sa montre : j'en ai vu qui avaient
donné jusqu'aux boucles de leurs souliers.
L'arrangement conclu, on se sépare, avec
promesse de se revoir, bien que des deux
côtés on ait pris la résolution de n'en rien
faire. Sur vingt paysans trompés de la sorte,

dix-huit au moins donnent un faux nom et une fausse adresse ; et il n'y a pas lieu de s'en étonner, puisqu'ici, avant d'être dupe, il faut d'abord être fripon.....

Lorsque trois ramastiques sont ensemble, chacun d'eux a un costume adapté au rôle qu'il doit jouer. Celui qui accoste est presque toujours vêtu comme un ouvrier : c'est un maçon, un bottier, un charpentier ; quelquefois il simule l'accent allemand ou italien, et paraît s'exprimer difficilement en français. S'il est âgé, il est bon homme ; s'il est jeune, il est niais. Le *faux perdant* se distingue par la longueur et la largeur de son pantalon, dont une des jambes sert de conducteur à l'objet pour le faire arriver jusqu'à terre. Le *lecteur* est ordinairement plus richement couvert que les deux autres ; c'est lui qui endosse la redingote à collet de velours, et se pare du castor à longs poils.

Les ramastiques sont presque tous des juifs, dont les femmes se livrent aussi à ce genre de filouterie. Elles fréquentent les halles et marchés, s'accostent des jeunes filles et des bonnes, qui leur semblent nou-

vellement débarquées, et qui portent des
paquets. Elles ramassent à leurs pieds une
bague de nulle valeur, un collier de jaseron
en cuivre très-bien doré, qui ont l'apparence
d'objets de haut prix. Comme au moment
où elles ont fait cette heureuse trouvaille,
la personne qu'elles veulent duper se rencontre à côté d'elles, il lui en revient une
moitié. Mais survient toujours l'embarras
de faire le partage. Alors elles se montrent
accommodantes et s'arrangent aisément,
comme équivalent de leurs droits, du paquet
que porte leur victime. Combien de jeunes
apprenties ou de demoiselles de boutique ont
abandonné l'ouvrage ou les marchandises
qu'elles étaient chargées de rendre à la pratique, pour une bague de verre, ou une chaîne
de cuivre. Une cuisinière vint un jour se
plaindre à la police qu'on lui avait extorqué
tout son argent, ses boucles d'oreilles, son
châle et son panier, avec les provisions de
la journée, laissées en garantie de quinze
francs qu'elle devait rapporter. Comme
celle-ci était de bonne foi, elle s'était em-
pressée de tenir ses engagemens; mais à son

retour, elle n'avait plus retrouvé ni la femme, ni le panier, ni les provisions. Alors seulement elle avait conçu des soupçons, que la pierre de touche d'un bijoutier, consulté trop tard, confirma pleinement.

Voici un genre d'industrie qui rentre dans celle des ramastiques, et que j'expliquerai par un exemple.

Un jeune homme de la province, venu à Paris pour achever et perfectionner ses études, se promenait un dimanche , sur les boulevarts neufs, avec une espèce de gouvernante aussi sotte que lui. Il fut abordé par une mendiante en haillons, qui portait un enfant dans ses bras, et qui lui dit, en lui montrant une fort belle bague qui jetait les feux les plus brillans : « Monsieur, voilà
» une bague que je viens de trouver, et
» qui, sans doute, est d'un grand prix.
» Mon devoir serait, je le sais, d'en cher-
» cher le propriétaire, mais où le trouver?
» d'ailleurs, je suis si pauvre! mes enfans
» et moi nous manquons de pain et de vê-
» temens..... Si je vais la présenter à un
» bijoutier pour la vendre, on croira que

» je l'ai volée, et on m'arrêtera..... Si vous
» vouliez seulement m'en donner vingt
» francs , ils me seraient plus utiles que ce
» bijou qui, assurément, vaut plus de
» cent écus.... Je ne serai pas fâchée qu'un
» bon jeune homme, comme vous paraissez
» l'être, profite de la plus forte partie de ce
» que la Providence semble m'envoyer....
Le bon jeune homme, ébloui par les feux
d'un morceau de verre bien taillé et bien
poli, donna promptement les vingt francs,
et passa à son doigt la précieuse bague. Le
lendemain, il la présenta à un joaillier pour
la faire estimer, elle valait tout juste vingt
quatre sous.

~~~~~~~~~~~~~~~~~~~~~~~~~~~~~~~~~~~~~~~~~~~~~~~~~~~~~~~

# CHAPITRE XXXVII.

---

## VOL EXTRAORDINAIRE.

JE ne sais dans quelle classe faire entrer le vol dont je vais faire le récit. Il est, à proprement parler, hors de ligne. Mais je le trouve si hardi, son exécution suppose tant de sang-froid, de calcul et d'adresse, que, sans qu'il menace plus un étranger que tout autre, je n'ai pu m'empêcher de le rapporter ici.

Un officier général, qui venait de passer une revue, encore revêtu de son riche uniforme, et couvert de ses décorations, entre chez un de nos plus fameux restaurateurs, avec deux de ses amis pour y dîner, et demande une chambre particulière. A sa suite, se présente un jeune homme qui dit à la

maîtresse de la maison, qu'il est le domestique du général, et qu'il servira son maître
à table. On lui met une serviette à la main
et il entre en fonctions.

Il sert le potage, les entrées, et quand il
voit le moment propice, il verse à dessein,
sur l'habit du général, la sauce d'un plat
qu'il met sur table, et y fait une large tache.
Le général se lève furieux, le faux garçon
se jette presqu'à ses pieds, se confond en
excuses, le supplie de ne rien dire, parce
qu'il lui ferait perdre sa place, et lui donne
l'assurance que, s'il veut lui confier son habit, il le lui fera détacher par un fameux
dégraisseur qui demeure tout près, et qui
enlèvera la tache avec tant de promptitude
et de talent, qu'avant la fin du dîner il n'y
paraîtra pas. Le général appitoyé consent
à l'arrangement, ne voulant pas perdre un
pauvre diable qu'il croit appartenir à la
maison. Il demande qu'on lui prête un habit pour achever son dîner et jusqu'à ce
que le sien lui puisse être rendu. Le faux
domestique, le faux garçon restaurateur
court à la dame du comptoir, et la prie de

prêter au général un des habits de son mari
pour quelques instans, et jusqu'à ce qu'il
ait pu faire disparaître les traces de l'accident dont il fait le récit et s'accuse. La
dame donne un habit, le général s'en revêt,
livre le sien, et le domestique prétendu
l'emporte à la vue de tout le monde, en
priant que l'on continue à faire faire le service par les garçons de la maison, parce
qu'il faut qu'il attende l'habit de son maî
tre, pour le rapporter quand il sera déta
ché.

Je crois inutile de dire comment finit l'a-
venture.

Je finis ici ce petit ouvrage, que le provincial qui se propose de venir à Paris, fera bien de lire et méditer avant de se mettre
en route, et que l'étranger qui s'y trouve
fera bien aussi de consulter tous les matins
avant de commencer ses courses. Je ne me
flatte pas d'avoir dévoilé toutes les ruses que
les filous emploient pour séduire leurs victimes et consommer leur ruine. Il en est
qu'on ne peut connaître sans y avoir suc-

combé soi-même, et j'avoue que je n'ai--
merais pas acquérir la connaissance de :
celles-là, je craindrais de payer trop cher :
l'avantage de pouvoir les signaler au lecteur. Et puis dans une période où tout s'a-
vance à pas de géant vers la perfectibilité,
le grand art de s'approprier le bien d'autrui
marche avec le siècle, et tous les jours in-
vente des procédés nouveaux, qui restent
la propriété de ceux qui les imaginent. Un
ouvrage comme le mien ne peut donc jamais être complet. Néanmoins, tel que je
le livre au public, il est d'une utilité réelle
et d'un usage nécessaire.

FIN.

IMPRIMERIE DE POUSSIN,
Rue de la Tabletterie, n. 9.